로크미디어가
유혹하는
재미있는 세상

ROK
MEDIA
로크미디어

다시 사는 재벌가 망나니 15

2022년 2월 18일 초판 1쇄 인쇄
2022년 2월 23일 초판 1쇄 발행

지은이 맹물사탕
발행인 김정수 강준규

기획 이기헌 왕소현 박경무 강민구
책임편집 김흥식
마케팅지원 배진경 임혜솔 송지유 이영선

발행처 (주)로크미디어
출판등록 2003년 3월 24일
주소 서울시 마포구 성암로 330 DMC첨단산업센터 318호
Tel (02)3273-5135 편집 (070)7860-2726 Fax (02)3273-5134
홈페이지 rokmedia.com E-mail rokmedia@empas.com

ⓒ 맹물사탕, 2021

값 8,000원

ISBN 979-11-354-7387-6 (15권)
ISBN 979-11-354-9456-7 04810 (세트)

다시 사는 재벌가 망나니

맹물사탕 현대 판타지 장편소설

◇15◇

ROK
MEDIA
로크미디어

Contents

1장

날이 밝자마자 지난밤에 있었던 박상대의 죽음은 각종 신문 1면을 장식했다.

'흐음, 박상대가 죽은 건가.'

박상대는 해외 도피를 목적으로 택시를 타고 목적지를 향하다가 금품을 노린 택시 기사의 표적이 되어 유명을 달리하고 말았다.

최근 며칠간 신문 지면을 장식해 온 박상대란 거물이 택시 기사에 의해 강도 살해되었다는 내용은 대중에게 꽤나 충격적으로 다가왔다.

'하긴, 일이 이렇게 될 줄은 나도 예상하지 못했으니.'

용의자인 택시 기사 김 모 씨는 그가 박상대라는 건 전혀 알지 못한 채 벌인 범행이었다고 진술했으나 경찰은 공범, 또는 계획범죄 여부를 수사 중이라는 후속 보도가 이어졌다.

'이는 말 그대로 우연……이지만.'

각종 언론사가 인터넷 매체에 기민한 대응을 보이기 시작한 것도 이번 일의 여파이자 성과 중 하나였다.

박상대 비리 의혹(내가 살았던 시대라면 '박상대 게이트'라고 불렸겠지만)을 최초 보도한 건 어쨌건 김기환의 '도깨비 신문'이었고, 그 파급력이 어떠했다는 건 다들 주목하고 있었으니까.

삼광네트워크가 개발한 포털 사이트 길잡이에 여러 메이저 언론사가 메인 페이지에 자신의 신문사를 노출시켜 달라는 제안도 제법 빈번하게 들어오기 시작했다.

덕분에 인터넷 가입자도 급증했고, 포털 이용자도 늘었다.

어느 집에서는 전화 요금이 많이 나와 자식의 등짝을 때려 댔다는 이야기도 들려왔고, 수요의 증가에 따라 차일피일 미루고 있던 광통신망 산업에 대한 요구도 생겨나기 시작했다.

이는 얼마 전까지만 해도 다소 뜬구름 같던 인터넷이란 개념이 전생보다 일찍 대중 사이에 자리 잡기 시작했단 것으로 받아들여도 좋을 것이다.

다만, 그 바람에 야심 차게 출발했던 광수대는 박상대의 죽음으로 그에 대한 기소가 중지되면서 붕 뜨고 만 모양이었다.

이는 실체가 있고 없고의 차이였다.

박상대라고 하는 명확한 목적 대상을 잃은 광수대는 다시 그들 앞에 자욱하게 낀 안개를 마주해야 했다.

수사관들의 의욕 저하에는 외적 요인도 한몫했다.

좋은 정치인은 죽은 정치인뿐이라고, 사람들은 어느 유명인사가 죽고 나면 그 존재의 옛 과오를 덮고 좋은 점만 기억하려는 습성이 있다.

그 불문율은 죽은 이에 대한 예의일까.

박상대의 죽음 이후, 그의 열성 지지자들이며 야당 관계자는 몇 가지 칼럼을 통해 박상대의 재평가 및 그가 시도하려 했던 개혁이며 지난 공약 등을 포장해 싣기도 했다.

그 비슷한 시기와 맞물려 몇몇 톱스타의 열애설이 터져 나온 것은 우연이 아니었다.

박상대를 품었던 여당 쪽에서는 되도록 자신들의 치부가 알려지지 않았으면 하는 바람이었고, 가능하면 여론을 분산시켜 시선을 회피하고자 했으니.

'뭐, SJ엔터테인먼트 쪽은 그런 일이 없었지만.'

소속 탤런트 중 톱급에 속한 윤아름은 스캔들을 들먹일 만한 나이도 아니었고, 이제 본격적으로 이름을 알리기 시작한 SBY는 매력적인 먹잇감이 아니었다.

어쨌건 이런 프로파간다는 비교적 효과적이어서, 유명 탤런트 A와 B 사이의 열애설은 대중들 사이를 헤집으며 어느 정도는 그들의 의도대로 돌아갔다.

뿐만 아니라 박상대를 강도 살해한 택시 기사 김태평에 관한 후속 보도도 물살을 타기 시작했다.

　우선은 김태평을 체포한 박순길 형사를 영웅으로 만드는 것부터.

　박순길 형사의 몸을 사리지 않는 김태평 체포 건은 언론에 대대적으로 보도되며 그는 일약 스타로 떠올랐고, 그를 파견한 전남 경찰서장으로부터 표창장이 수여되었다.

　또 김태평이 저지른 살해 동기가 금전적 목적이었던 만큼 그가 제3금융에서 빌린 사채가 수면 위로 드러났고, (그 죄를 용서하지는 못할지언정) 김태평의 입장에 공감하는 서민들이 대출 이자와 심사 요건에 이의를 제기하면서 여론은 불법 사채와 조직을 검거하는 데 경찰이 나서야 한다고 성토해 댔다.

　이런 식으로 여론이 분산되니 여당 측에서는 박상대 비리 의혹을 덮었으면 하는 눈치였고, 이는 (아닌 척하지만 그래도 이래 저래 연루되어 있는) 야당이라고 해서 크게 다르진 않았다.

　즉, 주모자인 박상대가 죽었으니 이만하고 끝내는 건 어떠냐는 내용이었다.

　상황이 이렇게 돌아가다니 아직 특검이 없는 이 시대에서는 그 은근한 압력이 고스란히 광수대에 집중되었다.

　나로서는 박상대가 당초 예정대로 '실종' 처리되어 수사가 줄곧 이어졌으면 하는 바람이었지만, 한편으론 그 덕에 조광을 향한 수사도 느슨해졌다.

내가 '그 덕에'라고 생각한 건, 조광 내부 사정이 내가 예상하던 것과 조금 틀어진 탓이다.

조설훈의 철두철미함은 내가 생각하던 이상이었다.

그는 박상대와 손절하기로 마음먹은 즉시 그와 유착하고 있던 여러 정황을 세탁하기 시작했고, 혼수상태인 조성광 회장을 머리로 내세웠다.

광수대 측에서는 불러도 대답 없는 조성광을 상대로 조사를 진행할 수 없으니 그 대리인이랄 수 있는 구봉팔을 뻔질나게 소환해 댔다.

그래서 구봉팔은 어느새 조성광의 오른팔이 되어 조광의 얼굴을 대신해 박상대를 만나 오고 있었던 것이 되고 말았다.

'이런 걸 팔자에도 없는 출세……라고 하면 좀 냉소적인 이야기이려나.'

다행히 구봉팔에게 구속영장까지는 나오지 않았지만, 대신 그의 사무실에는 광수대 소속 경찰들이 드나들기 시작했다.

그런 경위로 구봉팔이 동시에 임원으로 몸담고 있는 정화물산이 주목을 받게 되었지만, 박상대에 비하면 그 흥미도가 떨어지는 것은 마찬가지여서 관련 사실은 신문 구석에 조그맣게 박히고 마는 것이 고작이었다.

유상훈 변호사의 말에 의하면 구봉팔에 대해선 기껏해야

벌금형 정도에서 끝나거나 기소유예로 사건이 마무리될 것 같단 이야기가 나왔다.

'……어째 이 나라는 국민의 관심이 옅어진 일에 관해선 횡령 배임 범죄에 관대하단 말이지.'

그것도 나에겐 득이 되는 이야기지만.

'그러면 이로서 구봉팔이 조광 내부에 숨어 있던 실세로 자리 잡게 되는 건가? 사람 일이란 참 알다가도 모를 일이군.'

전생에는 어디에서 무얼 했는지도 모를 구봉팔이 이번 생에는 (꼬리 자르기용으로 세운 몸빵이긴 해도)조광의 거물로 거듭나다니.

아무래도 조설훈과 조지훈은 머지않아 공개될 유언장의 내용을 모르고 있을 것임이 분명했다.

'알았다면 그런 방법을 쓰진 않았을 테니까 말이야.'

그러다 보니 아이러니하게도.

현재 조광은 조설훈, 조지훈, 그리고 구봉팔을 등에 업은 조세화 세 파벌이 서로 눈치를 보며 견제하는 형태로 굳어 가고 있었다.

그렇게 박상대가 죽은 지 2주가 지났다.

'이제는 별다른 소식도 들리질 않는군.'

화젯거리라곤 얼마 전 열애설이 터진 A와 B가 '우리는 오빠 동생 하는 사이일 뿐'이라고 기자회견에서 밝힌 내용이

고작.

나는 조간신문을 덮으며 기지개를 켰다.

'오늘은 방학식이었지.'

사방에선 매미 소리가 간간이 들려오기 시작했고, 그늘을 벗어나면 따가운 햇살이 피부로 곧장 내리꽂혔다.

물론 그늘이라고 해서 딱히 시원하단 생각이 들지도 않는 습도까지.

'물론 내 방은 에어컨이 빵빵하지만.'

전형적인 한국의 여름이 성큼 다가왔다.

전생에 예정된 조성광 회장의 기일이 머지않았다.

내 기억에 의하면 발인 날짜가 1996년 올해 8월쯤이었다.

하지만 그 시기가 전생과 맞아떨어지리란 건 예상하기 힘든 것이, 당장 이휘철부터가 내 기억의 범위 밖에서 심근경색으로 쓰러졌으니 이번에도 역사가 바뀐 탓에 그 영향이 어떤 작용을 하게 될지는 나로서도 장담하기 어려웠다.

'그러면 슬슬 카드를 꺼내 볼까.'

원래는 박상대가 '실종'되고 나서 분위기가 격화되었을 때 꺼낼 예정이었지만, 지금은 역으로 광수대의 해산 이야기가 들려오는 중이었다.

상황은 반대지만 오히려 그렇기 때문에 지금이야말로 제격인 타이밍.

'이러다간 모처럼 조세광이 만들어 준 기회(?)가 무산될

여지도 있으니 말이야.'

나는 책상 서랍을 뒤적여 대포폰을 꺼냈다.

눈코 뜰 새 없이 바빴던 그 날이 거짓말처럼, 현재 광수대 조직 내부는 어정쩡했다.

"에어컨은 언제 들어온대?"

"그거, 안 들어올지도 모른다."

"……뭐?"

"지나가다 들으니까 위에서 예산을 삭감한단 이야기가 나오고 있던데요."

"……돌겠네. 이 더위를 선풍기로 때워야 하나? 야, 가서 하드 좀 사 와라."

"오는 길에 다 녹아 버릴 겁다."

"……에이 씨, 컴퓨터는 왜 또 먹통이야?"

성큼 다가온 더위 탓일까.

경찰들은 저마다 볼멘소리를 내뱉고 있었지만 화를 낼 기운도 없어 보였다.

한창 박상대가 도피 중일 때만 하더라도 각종 지부에서 지원이 쏟아졌건만 지금은 하나둘 '복귀'를 빌미로 광수대를 떠나 원래 몸담고 있던 부서로 돌아가는 중이었다.

수사는 지지부진했다.

박상대의 어처구니없는 죽음 이후 수사는 방향을 잃고 나침반만 빙글빙글 돌았다.

박상대가 연루된 의혹은 지나치게 컸고, 캐내고자 마음먹으면 말 그대로 '나라를 뒤집어 엎어야 할' 정도로 보일 지경이었다.

상황이 이렇다 보니 경찰로서는 섣불리 손을 대지 못했다.

인터넷도 문제였다.

그야 처음엔 인터넷이 떠들어 대 준 덕분에 재미를 본 것도 사실이지만, 지금은 각종 음모론이 판치는 난장판이 되어 있었다.

뭐라더라, 김태평이 누군가의 사주를 받아 박상대를 제거한 것이라는 것부터 박상대는 떳떳하다는 것이며 한강 변사체는 사실 존재하지 않았다는 등, 근거 없는 헛소문이 난립했다.

심지어 그중엔 '경찰이 기민하게 대처했더라면 박상대도 죽지 않았을지 모른다'는 경찰 책임론까지 나오는 중이었다.

책임전가도 정도껏이지.

그나마 조광 그룹이 잠시 잠깐 물망에 오르긴 했으나 구봉팔은 과묵했고, 머리인 조성광은 면회조차 불가능했다.

이제 와서 구봉팔을 잡아 봐야 별 재미를 못 볼 것이 뻔했다.

게다가 광수대 내부에서도 구봉팔은 말이 조성광의 오른팔이달 뿐, 핵심이 없을 거란 것이 중론.

상황이 이러니 수사관들의 사기가 바닥인 것도 당연했다.

정진건도 서류를 쳐다보고는 있었지만, 그 시선도 검은 것은 글자, 흰 것은 종이, 라고 하는 정도밖에 인식할 수 없었다.

어차피 별 영양가도 없는 자료였다.

'이번에도 그놈의 대포폰인가.'

박상대의 가방에서 나온 핸드폰은 역시나 대포폰이었고, 명의는 어느 노숙자의 것이었으며—이것도 잠시 화제가 되긴 했다—박상대의 핸드폰이 전화를 건 번호도 실소유주를 찾기 어렵긴 매한가지였다.

도로가에 버려진 박상대 소유의 핸드폰은 바퀴에 치이고 깔려 산산이 부서졌고, 그나마 조회한 통화 기록도 별 볼일 없는 것이었다.

전 약혼자와 통화한 다음, 마지막으로 통화한 상대는 발신자 불명.

그는 이 상대와 전화 통화를 하고 난 뒤 핸드폰을 창밖으로 버렸다고, 김태평은 증언했다.

핸드폰이라는 새로운 매체가 편리함을 가져다준 것도 분명했지만, 그에 대응해 새로운 범죄 수법이 등장한 것도 분명했다.

'그에 반해 수사 기법은 여전히 예전을 답습하고 있으니.'

정진건은 서류를 책상 위에 툭 하고 내려놓았다.

「나가 보기엔 광수대 안에 쁘락치가 있는 거 같소.」

박순길이 했던 말이 정진건을 옭아매고 있었다.

동료를 의심하고 싶진 않았지만, 정진건은 박순길의 말을 떨치기가 어려웠다.

그랬던 박순길도 지금은 '가서 감투 좀 쓰고 올텡께요' 하며 본 소속처인 전남경찰서로 돌아가 버렸다.

'……그가 다시 돌아올지도 의문이고.'

어차피 승진도 확정이고 챙길 수 있는 고과도 챙긴 마당에 서울로 돌아와서 뭘 하겠는가.

'이러다가 박길태 살해 건은 이대로 미제로 남을지 모르겠군.'

박길태도 그렇다.

총기 금지 국가에서 벌어진 그 살해 수법은 충격적이었지만, 지금은 그걸 언급하는 언론도 없었고, 피해자인 박길태도 떳떳하고 선량한 시민과는 거리가 멀었기에, 사건을 섣불리 손대지 않으려는 머뭇거림에는 '깡패끼리 싸우다 죽었겠지, 뭐가 대수냐'는 분위기도 한몫했다.

"다녀왔습니다, 선배님!"

그때 외근을 나갔던 강하윤이 복귀를 알렸다.

그런데 무슨 일일까.

이곳을 나가기 전까지만 해도 어딘가 시무룩해 보이던 강하윤이었는데, 어째 눈이 반짝거리는 듯했다.

"무슨 좋은 일이라도 있나?"

말하고 보니 왠지 핀잔을 준 듯한 뉘앙스는 아니었을까, 싶었지만 다행히도 강하윤은 아랑곳하지 않았다.

"예, 그런 거 같습니다, 선배님."

그런 거면 그런 거고, 아니면 아닌 거지, 그런 거 같단 건 또 뭔가.

강하윤은 싱글벙글 웃으며 메고 있던 백팩을 책상에 내려놓았다.

"방금 전 도깨비 신문의······."

"잠깐만, 자리를 옮기지."

"예? 아, 옙, 알겠습니다."

강하윤은 어리둥절해하며 정진건을 따라 아무도 없는 자료보관실로 향했다.

자료보관실 문을 닫은 정진건은 문에 등을 기대고 선 채 입을 뗐다.

"계속해 봐. 무슨 일인가?"

강하윤은 요즘 들어 정진건이 평소와 다른 것 같단 생각을 하며 말을 받았다.

"저, 그게…… 도깨비 신문의 김기환 대표님이 선배님을 만나 뵙고 긴히 전해 드릴 말씀이 있다고 합니다."

"김기환 대표……?"

김기환이라고 하면 예전 중우일보에 재직했고 지금은 대한민국 인터넷 신문 매체의 대명사처럼 거듭나 있는 도깨비 신문의 대표였다.

방금 전 외근을 다녀온 강하윤이 김기환의 소식을 전할 수 있던 건 예의 반지와 관련한 것으로, 그녀가 한강 둔치에서 발견한 반지의 보도 권한과 뉴월드백화점의 마케팅 건과 관련해 후속 논의를 마무리 짓기 위함이었다.

여담이지만, 뉴월드백화점의 반지 마케팅(?)은 무척이나 주효해서, 사람들의 반발을 사기는커녕 이 '살인 피해자가 꼈던 반지'는 홍보 효과를 톡톡히 누렸다고 한다.

강하윤이 고개를 끄덕였다.

"예. 안 그래도 김기환 대표님은 반지와 관련한 기사가 수사 진행에 방해가 된 것 같아 걱정했다면서, 이번만큼은 사람들의 알 권리보다 정의 구현을 우선하고 싶다고……."

"……흠."

직접 얼굴을 마주한 적은 한 번도 없었지만, 정진건은 이 김기환이란 인물을 적잖이 신경 써 오고 있었다.

김기환은 앞서 박상대가 살아 있을 적, 그가 지난 총선에 나갈 때부터 꾸준히 의혹을 제기해 왔다.

지금은 박상대가 후보직을 사퇴한 것이 김기환이 중우일
보에 기재한 기사를 의식한 것이라는 설도 신빙성을 얻고 있
는 만큼, 어쩌면 그는 경찰이 조사 중인 것 이상으로 박상대
에 깊이 개입해 있는 걸지도 모른다.

'더욱이, 나를 만나서 긴밀히 할 이야기가 있다, 라.'

김기환의 말을 전한 강하윤 역시도 광수대의 분위기가 어
떻다는 것을 알고 있으니, 그녀로서도 김기환의 제안을 응당
반길 만한 것이라 여기며 기쁘게 소식을 가져왔으리라.

"……."

하지만 이 제안을, 선뜻 받아들여도 좋을 것인가.

김기환은 강하윤을 통해 '정의 구현' 운운했다지만 다른 꿍
꿍이가 있는 건 아닐까.

더군다나 정의 구현 운운한 그 보란 듯 기름이 번드르르한
말은 대놓고 수상쩍어서, 마치 다른 의도가 있는 것처럼도
들렸다.

"……선배님?"

강하윤의 조심스러운 말에 정진건은 고개를 휘휘 저었다.

'나도 소심해졌군. 나이가 들어 간단 증거인가.'

뒤이어 정진건은 짧게 고개를 끄덕였다.

"좋아. 그럼 언제쯤 만날 수 있다고 하던가?"

"그게, 지금 당장 만나도 상관없다고 했습니다."

"빠르군."

"빨리 소식을 전해 드리고 싶다고 말씀하셨습니다."

"좋아."

정진건은 비켜 서며 달각, 자료보관실 문을 열었다.

엿듣는 이는 없었다.

"그러면 움직이지."

"예, 선배님!"

그가 무슨 제안을 던져 올지는 모르겠지만, 무언가 광수대의 침체된 분위기를 뒤집을 건수가 필요하단 것도 사실이었다.

'나로서는 모쪼록 이번 만남이 그 계기가 되어 주었으면 좋겠군.'

김기환은 최근 들어 여기저기 우후죽순으로 생겨나고 있는 커피 프랜차이즈점에 앉아, 마치 정진건이 자신의 제안을 응당 승낙할 것을 알고 있기라도 한 양 커피 한 잔을 시켜 둔 채, 노트북을 두들기며 그와의 만남을 기다리고 있었다.

"아, 강하윤 형사님."

문을 열고 들어서자마자 김기환이 자리에서 일어서며 알은체를 했고, 정진건은 슬쩍 그의 인상착의를 살폈다.

'생각보다 젊군.'

여러 차례 굵직한 특종을 터뜨리고 지금은 신규 산업으로 주목받고 있는 인터넷 신문 매체의 대표치고는 젊다고 생각했다.

아니, 젊기에 그런 도전도 가능했던 것일까.

김기환은 노트북을 덮으며 넙죽 명함을 내밀었다.

"처음 뵙겠습니다. 도깨비 신문의 김기환이라고 합니다."

다만 젊다 뿐이지, 생각하는 만큼 패기와 열정으로 가득한 인물이란 생각은 들지 않았고, 진취적이기보단 신중함이 강조되는 인상이었다.

'길 가다 마주쳐도 못 알아볼 것 같은 느낌인걸.'

그와 동시에, 정진건은 도깨비 신문의 투자자가 다름 아닌 그 이성진이라는 사실을 떠올렸다.

'설마, 이번에도?'

묘하게 이성진이랑 엮이는 일이 많다고 생각하면서 정진건은 속으로 피식 웃었다.

'우연이겠지. 이성진 그 녀석도 인터넷으로 무언가 사업을 하고 있다고 했으니 사업상 엮인 것일 터.'

자세한 건 모르겠지만 이성진은 삼광네트워크의 주주로서 현재 인터넷 포털 사이트의 대표 주자인 '길잡이'에 적잖은 지분을 가지고 있었다.

더욱이 김기환은 도깨비 신문이라는 인터넷 신문사를 설립하기 전에도 이미 기자로서 대통령 친인척 비자금 폭로라는 특종을 터뜨린 바 있던 유망주였다.

그런 김기환이 인터넷 신문이란 신규 사업 아이템을 가지고 투자자를 찾는다고 하면, 사업에 남다른 재능이 있는 이성진이 투자를 하지 않을 리 없다.

정진건은 자신의 사람 보는 눈도 한물갔단 생각을 하며 김기환의 인사를 받았다.

"말씀은 많이 들었습니다. 정진건입니다."

"하하, 저도 그렇습니다. 일단 자리에 앉으시죠. 커피를 주문해 오겠습니다."

강하윤이 끼어들었다.

"아니에요. 제가 가져올게요. 선배님은 어떤 걸로 드시겠습니까?"

"……아무거나. 아, 만 원이면 될까?"

"아, 옙, 그럼 다녀오겠습니다."

강하윤이 잠시 자리를 뜬 사이, 정진건은 김기환 맞은편에 자리 잡고 앉아 단도직입적으로 말을 건넸다.

"제보하실 것이 있다고요."

"아, 예."

본론으로 들어가기에 앞서 몇 마디 인사치레를 할 줄 알았던 김기환은 정진건이 빠르게 본론으로 넘어가려는 모습을 보며 속으로 혀를 내둘렀지만, 내색하지 않으며 말을 이었다.

"다름이 아니라, 저희 사무실로 소포가 하나 배송되었습니다."

"……소포, 말씀입니까?"

김기환이 고개를 끄덕였다.

"예, 카세트테이프였습니다."

김기환의 말에 정진건은 멈칫했다.

카세트테이프.

어딘가, 마음에 턱 하고 걸리는 대목이었다.

정진건이 생각하는 사이, 김기환이 재차 말을 이었다.

"먼저 내용을 들어 보았습니다만, 그 내용이 수사에 도움이 될 것 같아서 그나마 안면이 있는 강하윤 형사님을 통해 연락을 드렸습니다."

"무슨 내용이었습니까?"

김기환은 제 몫의 아이스 아메리카노를 한 모금 마신 뒤 목소리를 낮춰 말을 받았다.

"도청 기록이었습니다."

"……."

도청 기록.

속으로는 무척 놀랐지만 정진건은 담담한 얼굴로 고개를 끄덕였다.

"그랬군요."

"……놀라지 않으시는군요."

"직업병일 뿐입니다. 무척 놀랐습니다."

정진건이 말을 이었다.

"그러면 그건 누구의 도청 기록이었습니까?"

"……."

이번에는 대답이 곧장 튀어나오질 않았다. 김기환은 커피를 다시 한 모금 마신 뒤, 신중한 어조로 입을 열었다.

"죄송하지만 지금 이 자리에서는 말씀드릴 수 없습니다."

"……그러면?"

"가능하면 장소를 옮기면 좋겠는데요."

김기환은 그렇게 말하며 슬쩍, 정진건의 어깨너머를 보았다.

마침 강하윤이 아이스 아메리카노 두 잔을 챙겨 자리로 왔다.

"선배님, 주문하신 아무거나, 가져왔습니다."

농담을 하는 걸 보니 제법 기분이 좋은 모양이었다.

"고마워. 잘 마실게."

"아닙니다. 저야말로 잘 마시겠습니다, 선배님."

강하윤이 탁자 위에 잔돈과 커피를 내려놓는 그 사이, 정진건은 김기환이 제안한 내용의 저의를 생각하고 있었다.

'그렇다는 건 강하윤을 배제한 상황에서 이야기를 나누었으면 하는 건가?'

즉, 김기환은 이 '도청 기록'의 정보가 외부로 발설되지 않길 바란단 의미였다.

심지어 그건 안면이 있는 강하윤에게조차.

정진건은 슬쩍 강하윤을 살폈다.

강하윤이 쁘락치일 리는 결코, 만에 하나라도 없다는 걸 알고 있지만, 그간 강하윤의 버디이자 선배로서 그녀를 지켜봐 온 정진건은 그녀가 솔직하고 속내를 잘 감추지 못하는 성격임을 잘 알고 있었다.

만일 강하윤이 '광수대 내부에 쁘락치가 있다'는 걸 알게 된다면 그녀는 홀로 그 비밀을 부여 쥐고 끙끙 앓아 댈 것이 분명했다.

'만일 그런 걸 계산하고 움직이는 거라면, 보는 것 이상으로 만만치 않은 양반이로군.'

생각에 잠긴 정진건은 조건반사적으로 아메리카노를 한 입 마셨다가, 인상을 찌푸렸다.

"……뭐야?"

물도 아니고 커피도 아닌, 마치 커피에 물을 탄 것 같은 맛이었다.

그도 딱히 커피를 즐기는 편은 아니었지만, 커피란 음료가 취해야 할 입장에 대해 나름의 지론이 있던 정진건으로서는 순간 지금 사람을 놀리는 건가, 싶을 지경이었다.

강하윤이 미소 띤 얼굴로 말했다.

"선배님, 그게 요즘 잘나간다는 아이스 아메리카노라는

겁니다."

"……당최 요즘 감각은 이해할 수가 없군."

말세인가.

21세기가 머지않은 이 시기에 이런 흉물이 유행하고 있다니, 이 나라가, 세상이 어떻게 될는지.

그걸 보며 김기환도 미소를 지었다.

"하하, 처음엔 저도 이상하다고 생각했습니다만, 요즘은 매일 이거 한 잔씩은 꼭 해야 되겠더군요. 여름 날씨에 한 잔 마시면 시원하기도 하고요."

"……아, 예. 그렇습니까."

설마 여기에 뭔가 약이라도 타나.

그러고 보니 이 커피집도 이성진이 사장으로 있는 프랜차이즈였다는 것이 새삼 떠올랐다.

'그 꼬맹이가 세상에 독을 풀고 있군.'

평소 세대를 한데 싸잡아 포괄하곤 하는 세대론에 대해 회의적인 정진건이었지만, 이번만큼은 이들 X세대를 이해할 날이 오지 않을 것 같다고 생각하며 그는 얼음 담긴 커피 잔을 슥 밀어 놓았다.

하긴, 당장 사춘기인 딸아이가 무슨 생각을 하는지도 알 수 없는 판국인데, 하물며 보다 근접한 저들까지야.

'……게다가 잔돈이 3,000원이라. 무슨 콩 태운 물이 짜장면보다 비싸?'

그런 정진건을 보며 강하윤이 우물쭈물하는 기색으로 물었다.

"혹시 입에 안 맞으십니까? 그러면 시럽이라도 타 오겠습니다."

"강 형사."

"예, 선배님. 시럽은 몇 방울 넣어 드립니까? 제 생각에는 세 방울 정도면……."

"본부로 먼저 돌아가 있어."

정진건은 눈앞의 김기환을 보며 말을 이었다.

"나는 김기환 대표님과 잠시 어딘가 들렀다 올 테니까."

가게를 나서자마자 잊고 있던 더위가 정진건을 훅 하고 습격해 왔다.

정진건은 무심결에 테이크아웃한 아이스 아메리카노를 한 모금 마셨다가 인상을 찌푸렸다.

아, 시럽 넣는 걸 깜빡했군.

강하윤이 고개를 꾸벅 숙였다.

"그러면 선배님, 먼저 들어가 보겠습니다."

"음."

김기환이 정진건의 옆에 섰다.

"그럼 정 형사님은 제 차를 타고 가시죠."

"그러겠습니다."

그때 정진건의 핸드폰이 우웅, 진동음을 울렸다.

누구지?

"실례하겠습니다."

정진건은 김기환에게 양해를 구한 뒤 전화를 받았다.

"여보세요."

―여보시오. 아따. 나요, 박순길. 잘 들리오?

수화기 너머로 들리는 걸쭉한 전남 방언에 정진건은 저도 모르게 희미한 미소를 지었다.

물론, 조금 목소리가 크긴 했지만.

"예, 잘 들립니다."

―아따, 잘 들린당께 다행이오. 이 핸드폰이란 거 참말로 편리하구마잉.

수화기 너머 박순길이 말을 이었다.

―나도 서울로 올라오자마자 당장 한 대 뽑지 않았겠소. 우리 동네엔 핸드폰을 안 팔더구마잉.

"……설마, 서울이십니까?"

―그라믄요. 아직 일이 안 끝났잖소. 내 말하지 않았소잉, 감투만 쓰고 온다고. 뭐어, 그 바람에 어쩌다 보니 일이 쪼까 길어진 건 미안허요. 그라도 동네잔치 연다는 거 말리느라 욕 봤응께.

박순길이 돌아왔다.

그 말에 정진건은 왠지 모르게 천군만마를 얻은 듯한 기분이었다.

─근디 여가 어딘지 모르겠네. 보소, 아가씨. 아, 그게 아니라, 참말로, 여 동네 이름이 뭐요? 용? 용산? 아, 용산! 고맙소. 정 형사, 여 용산이라는데 무슨 버스를 타믄 마포까지 가요?

"잠시만 기다려 주십시오."

정진건은 고개를 돌려 김기환을 보았다.

"김기환 대표님."

"아, 예."

정진건이 말을 이었다.

"혹시 한 사람 더 합류해도 괜찮겠습니까?"

인정하고 싶진 않지만, 먹다 보니 이 물도 커피도 아닌 것엔 묘한 중독성이 있었다.

'그렇다고 내 돈 주고 사 먹지는 않겠지만.'

조수석에 앉은 정진건은 컵 홀더에 테이크아웃한 아이스 아메리카노를 놓으며 물었다.

"그러니까, 카세트테이프는 조광의 조설훈을 도청한 것이란 말씀입니까?"

"예."

아메리카노의 맛에 관한 호불호는 별개로, 김기환의 입에서 나온 말은 꽤나 충격적이었다.

'조설훈이라······.'

그러잖아도 광수대는 박상대의 배후로 조광이 지목되어, 조성광 회장의 오른팔이던 구봉팔을 수사 중이었다.

물론 그조차도 지금은 박상대의 죽음으로 인한 기소 중지로 반쯤 흐지부지되고 말아서, 정순애를 살해하고 시신 훼손 및 유기한 것이 박상대라는 것을 입증하지 못한 채 수사가 멈추고 말았지만.

'여기서 조설훈이 언급될 줄이야.'

김기환이 말을 이었다.

"자세한 내용은 가서 말씀드리겠습니다만, 제가 들어 보니 박상대와 조설훈은 아주 모르는 사이가 아닌 것 같더군요."

"······구봉팔은 언급되지 않고요?"

"전혀요."

김기환이 딱 잘라 말했다.

"아, 저도 구봉팔 씨에 대해 수사 중이라는 건 주워들었습니다만, 제 생각에 구봉팔은 조설훈이 준비한 방패막이 같았습니다."

제법 확신에 찬 어투였다.

정진건 역시도 구봉팔은 그 뒤에 있는 본질을 가리기 위한 가림막이 아닐까 생각해 오던 차였다.

'그렇다고 아주 혐의가 없지는 않겠지만······.'

정진건이 입을 뗐다.

"문제는 그 출처겠군요. 대표님께 듣기론 소포가 사무실로 배송되었다고 말씀하셨는데, 혹시 주소가 있었습니까?"

김기환이 운전대를 부드럽게 꺾었다.

"우체국이나 업체를 통해서 온 것이 아닌, 사람이 직접 들고 온 물건이었습니다."

김기환은 잠시 뜸을 들였다가 천천히 말을 이었다.

"제보자가 스스로를 밝히기로는 박길태의 애인이라고 하더군요."

박길태.

정진건은 그 이름을 듣자마자 Y구 인근 야산에서 총에 맞아 죽은 그 남자의 인상착의를 떠올렸다.

'그러고 보니, 박길태의 품에는 파손된 카세트테이프가 들어 있었지. 둘 사이에 무슨 연관이 있는 건가.'

정진건은 왠지 모르게 박길태의 품속에서 발견된 카세트테이프가 이번 제보와 무관하지 않을 것 같다고 생각하며 김기환의 말을 받았다.

"박길태의 애인 말씀입니까?"

"예. 박길태가 죽은 그날, 다급히 찾아와 박스를 건네며 숨겨 달라고 부탁했다고 하더군요."

"……."

이제는 제법 오래전 일이었다.

정진건이 입을 뗐다.

"그렇군요. 그런데 저로서는 그게 이제야 나왔고, 심지어 경찰이 아닌 대표님 사무실로 찾아간 연유를 잘 모르겠습니다."

"……"

김기환은 한동안 입을 다물고 있다가 조심스럽게 입을 뗐다.

"이런 말씀을 드리긴 조심스럽습니다만 제보자는 경찰을 믿을 수 없다, 고 하더군요."

"……"

"사실, 저도 그렇습니다. 아, 물론 강 형사님과 정 형사님을 신뢰하지 않는다는 건 아닙니다. 경찰 조직의 유능함도 잘 알고 있고요."

그가 말한 경찰 조직의 유능함, 이라는 말 앞에는 '때때로' 라는 단서가 붙겠지만.

김기환이 말을 이었다.

"다만 경찰 조직도 사람이 있는 곳이다 보니 이래저래 완벽히 통제가 이루어지진 않을 거라고…… 생각합니다."

정진건이 단도직입적으로 물었다.

"대표님은 지금…… 경찰 내부에 조광이 심어 둔 내통자가 있다고 보십니까?"

"사실 그리 유별난 이야기는 아니죠."

김기환은 무표정한 얼굴로 말을 이었다.

"어디에나 공공의 이익보단 개인의 이익을 우선시하는 부류는 있기 마련이지 않겠습니까."

"……."

"저도 어디까지나 통계적으로 봤을 땐 그럴 확률이 높다고 생각했을 뿐입니다. 신경 쓰지 마십시오."

무언가, 그 속에 잠재한 역린을 건든 듯했다.

'……김기환이 중우일보를 나온 과정은 순탄치 않아 보였지. 사전에 박상대의 비리 의혹을 폭로한 기사가 검열되었던 정황부터 그랬고.'

어쩌면, 그가 인터넷이란 생소한 매체에 자신의 업을 가져다 바친 건, 그런 공고한 기득권으로부터 자유로워지기 위함은 아니었을까.

그리고 차가 멈춰 설 동안 내부는 어색한 침묵이 돌았다.

"도착했습니다."

김기환이 기어를 바꿔 놓았다.

"그러면 만나기로 한 분은……."

인파가 제법 북적이는 용산이었지만, 정진건은 어렵지 않게 박순길 형사를 찾을 수 있었다.

정진건이 힘겹게 입을 뗐다.

"……저기 있군요."

화려한 하와이안 셔츠에 선글라스, 백바지에 백구두를 신은 남자가 여행용 캐리어를 옆에 둔 채 용산 거리 한복판에

서서 주위를 두리번거리고 있었다.

누가 봐도 형사라기보단 조폭이나 양아치가 어울릴 법한 느낌이었다.

'아니, 나도 남 말할 처지는 아니지만.'

김기환은 가볍게 경적을 울렸고, 박순길을 비롯한 몇몇의 시선이 차를 보았다.

박순길은 전화로 들은 '하얀색 아반떼'라는 말을 기억하고 있었는지 멀찍이서 손을 흔들어 보이곤 곧장 다가와 차에 올라탔다.

"엇차, 실례하겠습니다."

뒷좌석에 앉은 박순길은 정진건에게 슬쩍 시선을 던진 뒤, 김기환에게 손을 내밀었다.

"처음 뵙겠소잉. 전남에서 올라온 박순길 형사요."

"예, 도깨비 신문의 김기환입니다. 이렇게 뵙게 되어 영광입니다."

김기환은 몸을 돌려 악수를 나눴고, 박순길은 멋쩍어하며 손을 놓았다.

"아따, 비행기 태우실 거 없소. 그보다, 도깨비 신문? 어디서 들어 본 거 같은데……."

박순길이 손뼉을 쳤다.

"아, 맞다. 인터넷이란 것에다가 글 올리는 양반이셨구마잉."

"보셨습니까?"

"아니요. 거 인터넷이란 거 하면 전화비가 왕창 빠진다믄서요? 겁나서 안 했소잉. 그라도 이래저래 그런 게 있다, 하고 말은 잘 들었소."

"그러셨군요."

"근디 그런 분이 우리 정 형사님이랑은 어쩐 일이요?"

이만하면 인사를 마쳤다고 생각했는지 김기환은 다시 몸을 돌려 운전대를 쥐었다.

"가면서 말씀드리죠. 그럼 출발하겠습니다."

김기환의 사무실 안쪽 개인 사무 공간.

그가 잠시 자리를 비운 사이, 정진건과 박순길은 짧은 이별 뒤의 회포를 나누고 있었다.

인상착의부터가 휴가라도 나온 모습이라고 생각했더니, 그 생각이 맞았다.

"그러면, 휴가 중에 서울로 오신 겁니까?"

정진건의 말에 박순길은 선글라스를 착, 하고 머리에 걸쳤다.

"그치요. 어떻소, 폼 나지 않소잉? 최신 유행하는 걸로다가 싹 맞췄는디."

"……아, 예."

박순길은 고갯짓 한 번에 다시 선글라스를 꼈다.

"그야 서울 샌님들은 패션을 잘 모르는 거 같지만 말이요."

"…….."

"뭐어, 농은 이쯤 하고."

박순길이 어조를 진지하게 고쳐 말을 이었다.

"나도 그간 마냥 놀고 있진 않았시다. 이게 아무래도 일이일이다 봉께, 잠시 놀러 갑니다아, 하고 말하고 온 거요."

"……그랬습니까."

박순길은 이래저래 '감투를 쓰느라' 분주한 와중에도 스스로 말한 '경찰 내부의 쁘락치'에 대해 나름대로 조사를 이어간 모양이었다.

"그라~도 사는 지역이 달라 쪼까 애는 먹었소. 여서 길게말은 못 항께, 나아중에 말씀드리기로 하고."

쁘락치가 있는 건 확신하는 건가.

박순길은 김기환이 나간 문을 힐끗 살폈다.

"아까 차에서 들으니 기자 양반은 시방 뭔가 아는 모양이던데, 어디까지 알고 있는 거 같소?"

"제가 느끼기론 생각 이상으로 많이 아는 것 같았습니다."

"흐응."

박순길은 호인지 불호인지 모를 모호한 감탄사를 콧소리

로 내며 고개를 끄덕였다.

"차라리 잘됐소. 어쩌면은 기자 양반의 도움을 받을 수 있을지도 모릉께."

"도움이요?"

"뭐, 나중에 말씀드리겠소."

박순길은 즉시 입을 다물었고, 동시에 김기환이 달각 문을 열었다.

"기다리셨죠, 죄송합니다. 챙길 자료가 많아서요."

"아따, 신경 쓰지 마쇼. 다아 좋은 일 하자고 하는 건데."

박순길은 천연덕스럽게 김기환을 도와 그가 들고 온 박스를 날랐다.

'보아하니, 김기환은 진즉 조광을 조사하고 다닌 건가?'

정진건이 끼어들 틈도 없이 박순길의 도움을 받아 책상 위로 쿵, 소리 나게 박스를 내려놓은 김기환은 자리로 가서 앉았다.

"감사합니다. 자, 그러면 어디서부터 말씀을 드려야 할지……."

박순길이 김기환의 말을 받았다.

"그야 도청 카세트테이프인가 하는 그거부터 듣는 게 좋지 않겠소?"

그러잖아도 오는 길에 도청 기록이 있다는 내용을 듣자마자 박순길은 무릎을 손바닥으로 치며 '내 그럴 줄 알았다' 하고 말했다.

「안 그래도 박길태가 가지고 있던 카세트테이프, 고게 신경이 쓰이더란 말요.」

굳이 말하지 않아도 다들 그게 중요한 단서 중 하나일 것이라 생각해 오고 있었지만.

박순길의 말에 김기환은 쓴웃음을 지었다.

"그게, 생각보다 양이 많더군요. 처음부터 끝까지 듣기에는 시간이 오래 걸리니……."

김기환은 의도적으로 벽에 걸린 시계를 힐끗 쳐다본 뒤 말을 이었다.

"제 나름대로 정리한 내용을 들어 보시지 않겠습니까?"

박순길은 정진건을 쳐다보았고, 정진건은 고개를 끄덕였다.

"그러죠. 다만, 카세트테이프는 가능하면……."

"물론 제출하겠습니다. 저도 처음부터 그러려고 했고요."

그렇다면야.

정진건이 고개를 끄덕이자 김기환은 마주 고개를 끄덕이곤 박스를 뒤지더니 안에서 카세트테이프가 담긴 상자를 책상에 툭 하고 내려놓았다.

"일단, 이것이 제보자가 맡긴 물건입니다."

박순길이 턱을 긁적였다.

"흐음, 많다곤 들었는데, 생각보다 많은 거 같소."

"예. 조설훈을 향한 박길태의 도청은 오랜 시간 꾸준히 이루어진 일이었습니다."

"그라믄 지속적으로 조설훈이를 도청했다 하는 걸 테고…… 박길태가 조설훈이 부하는 아니라 했으니 어데 정기적으로 드나드는 곳이 있었던 모양이오."

김기환은 조금 놀란 표정을 감추며 고개를 끄덕였다.

아마, 김기환도 박순길의 인상착의에서 그가 남달리 '후각이 뛰어난' 인물임을 짐작하지 못한 것이리라.

"그렇습니다. 도청이 이루어진 곳은 조성광 회장이 입원해 있던 병실인 듯했습니다. 박길태는 도청기를 병실에 숨기고 조설훈을 도청해 왔겠죠."

박순길이 씩 웃었다.

"아따 효자네 효자야. 아부지를 지극히 섬기시는 모양이요."

비아냥거리는 건지 감탄인지 모를 어조였지만.

'과연.'

그런 곳이라면 다른 사람의 방해 없이 할 말을 할 수 있겠구나 싶었다.

'그러자면 박길태는 조성광의 병실에 드나들 수 있는 입장에서 도청을 해 왔을 것이고…….'

거기서 박길태가 무언가 '알아서는 안 되는 걸 알았다'고 한다면, 그를 살해할 동기며 목적이 생겨나게 된다.

그것만으로도 꽉 막혀 있던 수사의 물꼬가 트이는 기분이었다.

'하지만 박길태도 누가 시키지도 않은 일을 선뜻 나서서 하진 않았겠지. 누군가의 사주가 있었어. 그리고 그건……'

정진건이 입을 뗐다.

"그러면 박길태는 어디서 누구의 사주로 조설훈을 도청한 걸까요?"

"저도 모르겠습니다."

김기환은 잠시 입을 다물었다가 말을 이었다.

"저도 박길태가 누구의 사주로 병실에 도청기를 설치했는지는 모릅니다만, 짐작 가는 인물이 있긴 합니다."

"……혹시, 조지훈입니까?"

정진건의 대답에 김기환은 입꼬리를 움찔거렸다.

"정 형사님도 그렇게 생각하시는군요."

뭐, 조광의 형제 싸움은 유명하니까.

정진건이 덤덤하게 말을 받았다.

"……다만 요즘 조광이 돌아가는 걸 보면 둘 사이도 예전부터 사람들이 떠들어 대던 것과 꽤나 다른 듯합니다만."

"그건 그렇습니다. 저도 요샌 두 사람이 꽤나 붙어 다닌다고 들었습니다."

"뭐, 형제니까요. 아무래도 가족이니 별것 아닌 일로도 사이가 풀리는 일도 있지 않겠습니까."

그런 식으로 대수롭지 않게 감상을 입에 담았더니, 잠자코 있던 박순길이 빙긋 웃으며 끼어들었다.

"혹시 두 사람, 외동이요?"

갑자기 웬.

"누님이 계십니다."

김기환이 선수를 치니 정진건은 하는 수 없이 대꾸했다.

"시집 간 동생이 있습니다."

"그랬구먼."

박순길이 고개를 주억거렸다.

"뭐, 남매 사이는 어떤지 모르겠지만, 형제 사이란 건 쪼까 다르요. 나가 내 위로 형님, 아래로 동생이 있어가 잘 알아요."

박순길은 귀를 후비적거리며 말을 이었다.

"대개 형제 사이라는 건, 작정하고 싸우면 적이 되기도 하는 사이요."

"……적?"

"적, 이라고 하면 좀 과하고, 그 뭐랄까, 거시기, 형제들 사이는 라이벌? 라이벌 의식 같은 것이 있소. 누군가는 위에 서야 성이 차지. 얕보이면 형이고 동생이고 없는 거요. 뭐, 우리 집안은 그랬단 거고, 다른 집은 어떤지 모르지만."

박순길이 손톱을 후 불어냈다.

"마침 조가네 형제 둘은 오랫동안 싸워 온 사이라 그러지 않았소?"

"그렇습니다."

"그라믄 뭔가, 둘이 화해하기 전에 달리, 아주 큰 계기가 있었을 거요."

박순길이 씩 웃었다.

"그조차 지금도 화해를 했는지, 마지못해 친한 척하고 있는지는 모르지만 말요. 아마, 진짜론 어떤지 그 둘도 모를 거 같고."

……즉, 조설훈과 조지훈 두 형제는 아직 화해한 것이 아니라는 의미일까?

정진건과 김기환은 어리둥절해하며 서로를 보았다.

박순길이 입을 뗐다.

"분명 수사 초반에 그런 이야기가 있지 않았소? 한강 변사체 사건의 피해자인 정순애가 살해당했을 때, 분명 공범이 있었을 거라고."

박순길이 어깨를 으쓱였다.

"물론 그것도 지금은 입증하기 어려운 박상대가 범인이라는 전제하에서 하는 이야기지만 말이요."

죽은 자는 말이 없다.

정순애 살해의 유력한 용의자로 박상대를 꼽고 있는 경찰 내부의 정황과 달리, 현재 몇몇 언론은 박상대에 가해진 수사가 정치적 공작 및 터무니없는 외압이라고 주장하는 중이었고, 이는 박상대의 사후 이루어진 기소 중지와 맞물리며 저들의 얼토당토않은 음모론에 힘을 실어 주고 있었다.

"아무튼 그 일에 조광이 끼어든 건 아닐까, 하는 게 우덜 내부 의견이었고. 내 기억이 맞다믄 정순애의 사인은 교살, 이후 사체가 훼손된 상태에서 한강에 던졌다가 시체가 떠올라 발견되었소. 맞소잉?"

정진건은 슬쩍 김기환을 살폈다.

별다른 동요가 없는 것으로 보아 김기환 역시도 얼추 국과수 부검 기록 내용을 꿰고 있는 눈치였다.

'뭐, 그 자체는 이제 와서 새삼 기밀도 아니고.'

단지 범죄의 정도가 대중에게 모방 가능성과 혐오감을 불러일으킬 수 있기에 언론도 알아서 상세한 내용을 보도하지 않았을 뿐이었다.

정진건이 고개를 끄덕였다.

"경찰 내부에서도 공범자의 존재를 염두에 두고 수사를 진행했지요."

"아암. 암만 박상대라 하더라도 그가 운전기사나 비서를 시켜 사람 손꾸락을 자르고 물에 던지라고 명령하진 않았을 텡께."

박순길이 고개를 까딱였다.

"그라니께 분명, 욱해서 정순애를 죽인 다음 어마 뜨거라하면서 쪼까 대담한 아그들한테 연락을 넣었을기요. 그게 우리가 아는 조광이 아닐까, 이 말씀이고. 조광이라고 하면 또, 지금은 번듯한 척하고 있지만서두 한때는 그냥 조폭 아니었소잉."

거기까지 말한 박순길은 멈칫하더니 턱을 긁적였다.

"근데 조광이 뭐가 아쉬워서 박상대 같은 초짜 정치인이랑손을 잡았을까잉."

박순길이 김기환을 쳐다보며 말을 이었다.

"그야 박상대가 직전에 서울시 비서직을 하긴 했지만, 조광쯤 되는 대기업이 몸소 그 뒷바라지를 해 준다는 건 쪼까거시기하지 않소?"

그 혼잣말 같은 말을 받은 건, 역시 그 시선을 받은 김기환이었다.

"관련해서는 나름대로 조사한 바가 있습니다."

"오, 그라요?"

"예. 사실 박상대와 조광 사이의 유착은 제법 오래전부터이어졌더군요. 그리고 박상대는 그저 밑바닥에서 올라온 정치 신인이 아닙니다."

김기환이 말을 이었다.

"박상대와 조광의 유착은 세대를 거슬러 올라가서 그 정황이 있었습니다. 상대와 조광의 인연은 박상대의 부친인 박영효와 조성광 회장까지 거슬러 올라가거든요."

그러잖아도 박상대와 조광 사이의 유착은 요즘 수사 진행 방향 중 하나였다.

조사에 의하면 조성광은 꾸준히 박상대의 스폰서 역할을 해 왔고, 조성광이 쓰러진 후엔 조성광의 숨은 오른팔인 구봉팔이 그 일을 이어받아 진행해 왔다는 것이 현재까지의 수사 내용이었다.

'……그렇다고 구봉팔이 물망에 오른 건 조금 갑작스럽긴 했지만.'

그러면 조광과 박상대(및 그 선친)의 유착은 어떻게 이루어졌는가.

김기환은 갑자기 둘에게 질문을 던졌다.

"두 분은 혹시 정치인이 어떻게 돈을 버는지 알고 계십니까?"

잠시 생각하던 박순길이 나름의 답을 내놓았다.

"뇌물?"

박순길의 대답에 김기환은 빙긋 웃었다.

"그런 건 자잘한 부수익에 불과하지요. 사과박스 하나에 현금을 가득 담아 봐도 고작 2억이 담길 뿐입니다."

고작, 이라고 표현할 단위는 아니라고 생각했지만.

확실히, 정치인들이 국민들 세금으로 받는 월급이며 여기저기서 받아 내는 떡값만으로 재산을 쌓는 건 무리가 있었다.

정치에는 돈이 많이 든다.

그 아래 부하들 밥이라도 먹여 가면서 굴리려면 이런저런 돈이 들 뿐만 아니라 유세 차량을 굴리는 돈이 하늘에서 떨어질 리도 없다. 당 내 지원비가 나온다고는 하나, 근본은 자기 주머니에서 꺼내 충당해야 했다.

하물며 일정 비율 이상의 표를 얻지 못하면 거기에 들인 돈은 환수되지 않고 고스란히 허공으로 사라진다.

그러니 등 따숩고 배부를 때야 못 써 본 감투 생각이 나는 것이고, 사업가 집안과 정치인 집안이 사돈을 맺곤 하는 건 딱히 우연이 아니었다.

김기환이 말을 이었다.

"지금보다 조금 오래전, 서울에는 한창 개발 붐이 일었죠."

김기환이 말하는 바는 아직 강남이 허허벌판에 논밭이 펼쳐져 있을 뿐일 때였다.

"당시에도 박상대의 부친인 박영효 씨는 D구의 지역 유지로 이름이 높았습니다. 그 사람 땅을 밟지 않고는 D구를 지나가지 못한다고 할 정도의 땅 부자였죠."

"아따."

"그리고 거기서 만족하지 못한 박영효는 출마 욕심을 내게 됩니다."

"부자가 쌍으로……. 그래서 어찌 됐소?"

김기환이 쓴웃음을 지었다.

"박영효는 직전, 건강을 이유로 출마직을 포기하며 물러났습니다. 결과적으로는 이루어지지 않았죠."

"흐미, 아무래도 그 집안은 나랏일 할 팔자는 아니었나 봐요."

혀를 끌끌 찬 박순길이 말을 이었다.

"그래서 그짝 집안이 이미 부자였다 칩시다. 그거랑 방금 말한 정치인이 돈 버는 건 무슨 관계요?"

김기환이 빙긋 웃었다.

"말씀드리지 않았습니까? 박영효는 D구 대부분에 권리를 행사하는 땅 부자였다고요."

"으음?"

"출마 직전, 박영효는 D구 부지를 헐값에 잔뜩 사들였습니다. 서울 전체에 불고 있던 개발 붐에 편승하려고 한 거죠."

잠자코 있던 정진건이 끼어들었다.

"그러니까, 박영효 씨는 자신 소유의 토지 가치를 높여 시세 차익을 챙기려 했다는 겁니까?"

김기환이 어깨를 으쓱였다.

"이래저래 명의가 꼬여 있으니, 어디까지나 정황에 불과하지만요. 당시 행정 시스템이 어떠하단 건 아시지 않습니까."

"……."

즉, 박영효는 자신이 가진 토지 가치를 높여 재산을 불리는 것과 동시에 정계 입성이라는 개인적인 바람까지 챙기는 두 마리 토끼를 잡으려 했으나, 결국 그만 무산되고 말았다는 것이었다.

"부동산은 결코 망하지 않는단 말도 있지 않습니까. 뭐, 이건 정치인들이 돈을 불리는 방법 중 하나죠. 헐값에 나온 땅을 차명으로 사들이고, 그 땅에 개발 발표를 해서 가치를 높인 다음 되판다. 이만하면 땅 짚고 헤엄치기죠."

정진건이 김기환의 냉소적인 말을 받았다.

"그러면 조광은 어떻게……?"

"조광은 그 D구 개발 권한을 받아 올 예정이었던 모양입니다. 지금은 유명무실해지고 말았습니다만, 조광의 자회사 중엔 일광건설이라고 당시엔 제법 굵직한 사업을 따내곤 하던 회사가 있었거든요."

"……흠."

"결과는 아시는 대로입니다. D구는 여전히 개발 이야기가 나오지 않는 동네고, 땅값이 오를 일도 없어 보이는 변두리로 남고 말았습니다. 역사에 만약은 없다지만, 만일 강남 신규 개발 대신 강북을 재개발한단 방향으로 이야기가 이뤄졌다면……."

박순길이 고개를 절레절레 저었다.

"그야말로 돈방석에 앉았겠구마잉. 사과 박스가 푼돈이란 것도 이해하겠고. 뿐만 아니라 그 이름 석 자를 역사의 한 페이지에 남겼을지 모르겠소."

"……아마도 그랬겠죠."

잠시 침묵.

박순길이 다시 입을 뗐다.

"허어, 그러고 보면 그렇소. 하기야 암만 박상대가 시근이 멀쩡하다 해도 여당 대표쯤 되는 양반이 아무나 사위로 들이진 않았을 텡께."

정진건이 끼어들었다.

"예. 한창 박상대의 기소 의견이 나올 당시 저희가 알아본 바에 의하면, 박영효는 최갑철 의원의 친척뻘인 최대호 의원과 한창 경합을 벌이던 사이더군요. 박상대를 사위로 들이고자 했던 건 그런 이해관계하의 일이었던 모양입니다."

정진건의 이야기를 들으며 박순길은 머리를 긁적였다.

"아따, 생각보다 거물이었구마잉. 그라믄 박상대는 요래조래 투자할 만한 가치가 있는 인물이었당가?"

김기환이 고개를 끄덕였다.

"아직 때 묻지 않은 정치 신인인 동시에 만만치 않은 배경과 선대로부터 무형의 유산을 물려받은 자였으니까요. 그가 서울시장 비서직으로 임하며 해 온 성과도 만만치 않았으니, 이번 일만 아니었다면 필히 승승장구했을 겁니다."

정진건은 묵묵히 김기환의 말을 흘려들으며 정작 자신도 그 앞길을 막은 장본인 중 하나면서 남 말하듯 하는 건 조금 뻔뻔하지 않은가, 생각했다.

박순길이 고개를 주억거렸다.

"흐음, 그라믄 조광이 박상대의 뒤치다꺼리를 해 준 것도 쪼까 말이 되겠소. 어디까지나 가정하의 일이지마는 저번 총선 때도 박상대의 D구 지지율은 나쁘지 않았고 말이요."

"아마 그렇겠죠. 그가 사퇴하지 않고 밀고 나갔더라면 금 뱃지를 달았을 거란 게 중론입니다."

"뭐어, 어디까지나 그럴지도 모른다는 거지만. 타임머신을 타고 과거로 가는 게 아니면 모를 일 아니겠소."

박순길이 흐응, 하고 콧김을 뱉더니 어조를 진중하게 바꿔 말을 이었다.

"다만, 한편으론 그것도 일이 잘 풀렸을 때의 이야기지, 사람이 죽어 나가믄 가능성이고 뭐고 아무것도 소용없는 이야기 아니겠소. 하물며 이미지로 먹고사는 정치인이라면야 더더욱."

박순길은 덤덤한 말씨를 이어 갔다.

"결국 박상대는 선을 넘었고, 조씨 형제는 더 이상 박상대에 이용 가치가 없다고 여겼을 거요. 나는 일단 두 형제가 합심해서 박상대를 재끼려 했다고 가정하겠소."

박순길의 말에 정진건은 의아한 듯 물었다.

"하지만 박상대는 택시 기사에 의해 강도 살해당하지 않았습니까?"

"그거야 결과적인 거고. 박상대가 거기서 어처구니없게 죽은 건 조광 입장에서도 예상치 못했던 일일 거요."

"……흠."

확실히, 김태평은 조광과 무관한 자였고, 그가 가지고 있던 돈 가방에 혹해 계획 없이 충동적으로 일을 저지른 것이 현재 경찰의 수사 결과였다.

박순길이 말을 이었다.

"뭐어, 물론 일이 계획대로만 풀렸으믄 그 둘도 박상대를 재낄 필요는 없었을 것이요. 다만 문제는 앞서 말했듯이 일이 꼬여 버린 거요. 설마하니 시체가 떠오를지 몰랐다는 게 첫째고, 그 난도질한 시체의 신원을 찾아낼 줄 몰랐다는 게 둘째, 요로코롬 대대적으로 수사에 들어갈 줄 몰랐다는 게 셋째. 거기에 더해서……."

박순길이 턱을 긁적였다.

"박길태가 죽은 거도 그 작심과 무관하지 않을 거요."

뒤이어 박순길은 김기환이 꺼내 놓은 카세트테이프 박스를 물끄러미 쳐다보았다.

"나가 조광 돌아가는 꼴을 잘은 모르지만 그래서 요건 그 형제 둘이 앞서 손을 맞잡는 계기가 되었을 거 같소만. 자세한 건 내용을 들어봐야 알 텐디……."

김기환이 고개를 끄덕였다.

"제 생각도 박 형사님과 다르지 않습니다."

"그라요?"

"예, 지금은 조금 다릅니다만, 알아보니 조성광 회장의 병실은 조설훈과 조지훈, 두 형제가 돌아가며 경비를 세웠다고 하더군요."

그 말에 박순길은 입꼬리를 올리며 씩 웃었다.

"그라믄 답이 나왔구마잉. 박길태는 조지훈의 명령으로 병실 경비를 서면서 조설훈의 문병 때에 맞춰 도청기를 설치하고 회수한 거 아니겠소."

"제 생각도 그렇습니다."

김기환이 고개를 끄덕여 가며 맞장구를 쳤다.

"그래서 저는 박길태의 죽음은 도청 사실을 알아낸 조설훈이 입막음을 하려 한 것일 수도 있겠다, 싶었죠."

아무래도 이래저래 정보 공개가 이루어진 박상대 건과 달리 박길태 총격 사건은 거기에 묻혀 관심도가 덜하다 보니 이렇다 할 공개 요구가 없었고, 따라서 그 감식기록이 어떠하다는 건 김기환도 자세히 모르는 모양이었다.

그 말에 정진건은 무심결에 고개를 저었다.

"아뇨, 제 생각은 조금 다릅니다."

"예? 그럼……."

"……."

무심결에 뱉고 말았지만, 정진건은 여기서 수사 중인 사안을 발설해도 되는지 잠시 망설였다.

'여기서 김기환이란 자를 어느 정도로 신용할 수 있을 지…….'

생각해 보면, 김기환의 의도는 그가 입에 담은 것처럼 번 듯할 리가 없다.

이렇게까지 적극적으로 협조하는 건 분명, 뭔가 꿍꿍이가 있거나 그 나름대로 이득을 취하기 위함일 터.

'지나치게 좋은 제안이기에 더욱더 수상한 것도 있고.'

"아따, 정 형사."

박순길이 망설이는 기색의 정진건을 씩 웃었다.

"우덜은 거시기, 이제 한배를 탄 몸이 아니요? 기자 양반 이 요로코롬 적극적으로 수사 협조에 힘써 주시는디, 이제 와서 감추면 쪼까 서운하지 않겠소잉."

"……."

여전히 묵묵부답인 정진건을 보며 김기환이 얼른 끼어들 었다.

"아, 아뇨, 괜찮습니다. 정 형사님의 입장도 충분히 이해 하고 있으니까요. 저라도 아직 수사 중인 사안을 민간인에게 함부로 발설해야 하는 건 타당치 않다고 봅니다."

정론을 앞세우며 한발 물러서는 김기환을 보니, 그가 뱉은 말과는 달리 이미 그도 깊이 발을 들였단 생각에 정진건은 생각을 고쳤다.

이렇게 된 이상, 차라리 그를 공식적으로 한편에 끌어들이는 편이 나을 듯하다고 여긴 것이다.

정진건이 입을 열었다.

"……한 가지 짚고 넘어갑시다. 이것도 미리 말씀을 드렸어야 했는데."

"말씀하시죠."

"당분간은 수사 중인 내용을 기사로 싣지 않겠다고 약조해 주십시오."

"여부가 있겠습니까."

그 흔쾌한 대답에 정진건은 잠시 뜸을 들였다가 말을 이었다.

"……그럼에도 불구하고 이번 사건 일체가 외부로 발설될 경우, 경찰 측을 대표에서 대표님께 항의를 올리겠습니다. 그래도 괜찮겠습니까?"

정진건이 살짝 힘을 주어 말하자 김기환은 움찔하면서도 웃는 낯으로 고개를 끄덕였다.

"그럼요. 물론입니다."

김기환은 즉답하며 정진건을 물끄러미 마주 보았다.

"그 대신, 사건 종결 후에는 제게 보도 우선권을 주십시오."

그러면 그렇지.

차라리 이렇게 솔직하게 자신이 챙길 이익을 밝혀 주는 것이 정의사회 구현 운운하는 헛소리보단 신뢰가 갔다.

"……장담은 못 드립니다만, 윗선에 건의는 드려 보겠습니다."

"충분합니다."

김기환이 싱글벙글 웃는 얼굴로 확답하자, 정진건은 하는 수 없다는 듯 고개를 끄덕였다.

"좋습니다. 그럼, 제 생각을 말씀드리죠……."

정진건은 담담한 말씨로 박길태와 관련한 국과수의 감식 결과를 읊었다.

우선, 애당초 현장에서 발견된 살해 도구이자 총은 박길태의 물건이었다는 점.

현장에서는 담배꽁초 세 대가 발견되었고, 거기엔 각각 김수영, 지동훈, 박길태의 DNA가 검출되었다는 점(여기서 정진건은 양상춘의 견해를 옮겨 받아 세 사람이 현장에서 누군가를 기다리고 있었던 듯하단 의견을 덧붙였다).

또한 그 현장에서는 양상춘이 언급한, 경찰 내부에서도 확정하기 조심스러운 진범인 제3자가 있었고, 총부리를 먼저 겨눈 건 박길태로부터 총을 빼앗은 이 진범일 것이라는 추정.

이후 현장에서 몸싸움이 있었고, 김수영의 죽음은 우발적인 결과였다는 점.

박길태의 죽음 역시도 마찬가지로 이어진 몸싸움 도중의 총격에 의한 즉사(시체의 옷깃에 남은 화약 잔사며 여타 그의 고막이 찢어진 흔적 등등까지).

그리고 현장에서는 탄창을 비우기 위한 추가 발포가 세 차례 있었다는 점 등을 언급했다.

정진건은 설명 끝에 덧붙였다.

"……그래서 저희도 처음엔 조설훈과 조지훈 사이에 벌어진 내부 항쟁이 아닐까, 하는 방향으로 수사가 이뤄졌습니다만 일각에선 박길태가 일부러 찾아서 죽일 만한 급은 아니란 이야기도 있었습니다."

게다가 살해 방법도 위험하기 짝이 없고.

박순길이 맞장구를 쳤다.

"고로코롬 해도 저 도청 기록본이 나오고 나니께 와 박길태가 죽었는지 알 것도 같구마잉. 박길태는 어쨌건 도청 기록본을 갖고 있었단 거 아니요?"

정진건은 탁자 위에 놓인 카세트테이프 박스를 보며 고개를 끄덕였다.

"정황상 그렇게 되는군요."

"자, 순서를 정리해 보십시다."

박순길이 고개를 까딱였다.

"일단, 용의자는 박길태가 설치한 도청기를 병원에서 주웠을 거요. 그게 첫 번째. 그라고 이 시점에서 정 형사가 말한 용의자는 박길태가 가진 다른 도청 기록본까진 손에 넣지 못했을기요."

그럴 것이다. 박길태가 애인에게 맡긴 물건은 지금 우여곡절 끝에 김기환의 손에 들어왔으니까.

"그다음, 용의자는 도청기를 설치한 것이 박길태라는 것을 알고 그를 야산에 불러냈을 것이오. 아니지, 아까 말한 내용을 생각해 보면, 김수영이랑 지동훈이를 시켜 박길태를 거까지 데리고 갔겠지."

정진건은 잠시 생각하다가 박순길의 말에 동조하듯 고개를 끄덕였다.

"그러면 즉, 용의자는 조설훈의 도청 기록을 가지고 있는 박길태를 협박해서 그 내용을 얻어 내야 했을 것이란 의미입니까?"

"음, 용의자는 그걸 갖고 조지훈이를 압박하려는 속셈이 아니었겠나 하는 생각이 드오. 그러니 일단은 만만한 박길태 놈을 불러낸 걸 테고……."

조설훈과 조지훈이 나서서 손을 잡고 사건을 덮어야 할 만큼 중요한 인물이라.

박순길이 말을 이었다.

"그러면 역시 유력한 용의자라면 땅 주인이던 구봉팔?"

정진건이 고개를 저었다.

"아뇨, 석 형사의 말로는 그 당시 구봉팔의 행적에 알리바이가 있었다는군요."

"그래요? 그라믄 부하를 시켰다든가……."

"부하들도 동행했던 모양입니다. 그쪽 조사도 마쳐 두었고요."

"거참."

형사 둘이서 주고받는 대화를 듣던 김기환이 입을 뗐다.

"그러면 혹시 조설훈 본인이 아닐까요? 지금으로선 왠지 그럴 가능성도 배제할 수는 없을 듯합니다."

조설훈이 직접 나섰다?

정진건은 왠지 그런 건 아닐 듯했다. 현장에서 발견된 흔적 일체는 충동적이었고 조잡했다.

사건은 우발적으로 벌어졌고, 풍문으로 들어 본 바, 조설훈쯤 되는 인물이 그런 조악한 방법을 택했을 거란 생각은 들지 않았다.

'물론 용의자도 처음엔 박길태를 죽일 생각까진 없었던 모양이지만……. 그야 상황이 꼬이다 보면 조설훈 같은 인간도 우발적으로 총을 갈길 수도 있겠지. 하지만 과연 그럴까? 우리가 놓치고 있는 부분은 없을까?'

박순길이 아, 하고 정진건의 상념을 깨트렸다.

"그라고 보니 배 형사가 거시기, 드럼통에서 뭘 줏었다 안 했소? 조지훈이 부하가 불법 어쩌고 해서 한 번 잡혀 온 적이 있는 거 같은디. 내 기억엔 그짝에 카세트테이프도 들어 있었단 거 같소만."

조설훈과 조지훈이 병원에서 제법 긴 회담을 나누고 난 그

날이었다.

"……그 시점에선 조설훈도 조지훈이 박길태를 시켜 병실을 도청하도록 했단 걸 알았겠군요."

"그렇소. 거기서 조설훈이랑 조지훈이 손을 맞잡았을기요. 겸사겸사 조지훈이 가지고 있던 도청 기록본도 없애고……."

거기서 박순길은 무언가 말을 이으려다 말고 하려던 말을 고쳐 뱉었다.

"그라믄 조설훈이랑 조지훈이 손을 잡아 가믄서 박길태를 죽인 범인을 덮은 게 누구겠소? 조광에 그만한 거물이 있당가?"

"……조성광을 제외하면, 글쎄요."

조광 내의 이사진? 아니, 조광은 이른바 '가족 기업'이다.

회사 경영의 의사결정권은 조씨 일가가 좌지우지하고 있으며 그마저도 조성광을 제외하면 조설훈과 조지훈이 나눠 가지고 있었다.

김기환이 끼어들었다.

"이번 일로 신변이며 위치에 가장 큰 변화가 생긴 사람이 있지 않겠습니까? 그 대상을 용의 선상에 올려 보죠."

그렇게 말하니 정진건의 머릿속에 퍼뜩 생각나는 인물이 있긴 했다.

"병원에서의 회담을 전후로 해서 생긴 변화가 있긴 합니다. 박길태의 죽음 이후 병원 경비는 조광이 설립한 경비 업체가 전담하는 것으로 바뀌었는데, 그 대표직에 앉은 사람이죠."

"그게 누굽니까?"

"……조세화."

정진건은 그렇게 말한 뒤 스스로도 어처구니없다는 생각에 고개를 저었다.

조세화?

'감투를 쓰러 돌아다니느라' 수사 진행을 알지 못했던 박순길은 그 이름은 이번에 처음 듣는지 눈을 껌뻑였다.

"조세화가 누구요?"

"조설훈의 딸입니다."

"흐응……. 그렇다면야 얼추 가능성이 있을지도 모르겠소. 박길태를 죽인 게 가족 중 한 사람이라믄 조설훈이랑 조지훈도 손을 잡을 수밖에 없지 않겠소?"

정진건은 쓴웃음을 지었다.

"하지만 제가 알기로 조세화는 고작 중학생에 불과한 여자애입니다."

"엥? 아, 맞다. 아까는 현장에서 몸싸움이 있었던 거 같다고……."

"예. 그러니 조세화란 여자애는 자연스럽게 용의 선상에서 배재했습니다. 모르죠, 조세화는 회사를 차리는 일에 그저 명의만 제공했을 뿐일지도."

이만하면 다 온 거 같았는데.

박순길은 아쉬운 듯 입맛을 쩝, 다셨다.

"중학생 여자애만 아니라믄 조건이 딱 맞는데, 아쉽네잉. 하긴, 그만한 애가 소꿉장난이나 하지 무슨 사업을 한다요."

"……."

정진건은 그 말에서 자연스럽게 이성진을 떠올렸지만, 굳이 언급하진 않았다.

한편 둘의 눈치를 살피던 김기환이 조심스레 입을 뗐다.

"그런데, 왜 조세화일까요?"

김기환이 불쑥 뱉은 말에 둘은 의견을 나누다 말고 그를 쳐다보았다.

김기환이 말을 이었다.

"조설훈과 조지훈이 둘 사이에 일종의 중립지대를 선포한 다고 해도, 말씀하셨다시피 아직 중학생에 불과한 여자애지 않습니까?"

"……음."

"혹시 조설훈에게 자식은 조세화 하나뿐입니까?"

그 물음에 정진건은 움찔했다가 천천히 대답했다.

"위에 손위 남매가 한 명 있습니다. 그러니까 조설훈의 장남으로 이름이…… 음, 아마 조세광일 겁니다. 아니, 조세광입니다."

생각해 보면 왜 그를 물망에 올리지 않고 있었던 걸까, 의아할 지경이었다.

'단서가 모여 표적을 좁힌 덕분일까.'

정진건의 대답을 들으며 박순길이 씩 웃었다.

"하믄 조설훈이의 장남 조세광이란 아는 어떤 아요?"

"딱히 물망에 올린 적이 없어서 모르겠군요. 고등학생이란 것 외엔."

"아따, 그쯤 하믄 거시기에 털도 나고 할 거 다 할 나이 아니요? 옛날에는 그 나이에 애도 봤구만."

킬킬거리며 웃던 박순길이 웃음기를 거두며 말을 이었다.

"조세광이. 한번 캐 볼 만한 가치는 있을 거 같지 않소?"

"……."

"나는 왠지 조세화라는 여자애도 이번 일과 아주 무관하지는 않은 거 같소. 할아버지 병문안을 갔다가 우연히 도청기를 발견하고, 그걸 제 오라비한테 쪼르르 달려가서 일러바쳤다는 것도 생각할 수 있는 거 아니요."

정진건은 그럴듯하다고 생각하며 고개를 끄덕였다.

"사건이 발생한 전후의 문병 기록을 알아봐야겠습니다."

"영장이 필요하겠구마잉. 그라믄 우리 김 검사님께 보고를 올려야 쓰겄고."

돌아가서 조사해야 할 일이 정해졌다.

조세광의 행적.

조세화가 대표로 있는 회사.

조성광 회장이 입원해 있는 병실의 병문안 기록.

'그리고…….'

박순길이 기지개를 켰다.

"자, 그라믄 슬슬 카세트테이프를 들어 보십시다. 아따, 많기도 허다. 기자 양반, 뭐부터 들으면 좋겠소?"

김기환은 카세트테이프가 담긴 박스를 뒤적이더니 그중 몇 개를 추려 책상 위로 늘어놓았다.

"미리 들어 보니 개중 유의미하다 싶은 건 이것들이더군요."

이어서 김기환은 오디오 기기에 카세트테이프를 꽂아 넣고 재생 버튼을 눌렀다.

"…….."

"…….."

"…….."

김기환이 거듭 카세트테이프를 갈아 끼우는 사이에도 다들 입을 열지 않았다.

이윽고 청취가 끝났다.

"흐응."

박순길이 예의 콧소리를 냈다.

"아주 유력하진 않구마잉. 빠져나갈라 하믄 얼마든지 빠져나갈 여지도 있고."

그중엔 박상대와 통화한 내용이며 그가 부하에게 이런저런 일을 지시하는 것이 포함되어 있었지만, '이거다' 할 만큼 유력한 단서는 들리지 않았다.

정진건은 조설훈이 신중한 인물이라고 생각하며 박순길의 말을 담담하게 받았다.

"……증거물로 효력이 있는지 여부도 따져 봐야겠고요."

"그거야 검사님이 알아서 하실 일이지마는."

박순길이 한숨을 내쉬었다.

"그래도 끌고 갈라믄 정황상 '아주 무관하지는 않다'는 쪽으로다가 끌고 갈 수도 있기는 한디. 잘 모르겠소. 법정까지 끌고 간다 해도 저짝 역시 변호사를 빵빵하게 준비해 올 거 아니요?"

정진건이 김기환을 보았다.

"역시, 제보자는 신원 공개를……."

"하지 않겠다고 했습니다. 사실 엄밀히 말해 당사자가 아니니 통할지도 의문이고요. 더군다나 상대는 조광이지 않습니까? 어중간하게 나가면 증인 보호도 힘들 겁니다."

김기환의 대답은 담담했지만, 그 안에는 냉소적인 뉘앙스가 묻어 있었다.

박순길은 머리를 벅벅 긁다가 입을 뗐다.

"됐소. 이만하면 우덜 광수대도 실마리는 잡혔응께, 나머지는 머리 좋은 양반들이 알아서 하시겠지. 아, 이건 이따가

챙겨 가도 되겠소?"

"물론입니다. 그러려고 두 분을 이 자리에 모신 거니까요."

김기환의 흔쾌한 대답에 박순길은 만족스럽단 양 씨 웃었다.

"좋소, 기자 양반. 시원시원하구마잉. 그라고……."

웃음기를 거둔 박순길이 김기환을 쳐다보았다.

"기자 양반, 부탁 하나만 합시다."

"예?"

김기환이 동의하기도 전에 박순길은 발치의 여행용 가방을 툭툭 건드렸다.

"기자 양반이 쪼까 알아봐 줄 것이 있소."

박순길이 여행용 가방을 열었다.

그 안에는 알록달록한 하와이안 셔츠 몇 벌을 포함한 옷가지가 들어 있었지만, 박순길이 그 사이에서 꺼낸 누리끼리한 서류 봉투는 그 채도라곤 찾아볼 수 없는 색상에도 불구하고 모두의 눈길을 끌었다.

그러잖아도 왜 굳이 번거롭게 트렁크에 있던 짐을 내렸는지 의아하던 차였다.

"나가 요새 팔자에도 없이 이래저래 불려 다닌 건 사실이지마잉, 그라도 마냥 놀고만 있지는 않았소."

그렇게 말하며 박순길은 가방 속에 있던 서류 봉투를 책상 위에 놓았다.

"나름대로 쪼까 조사를 했시다."

"……이게 뭡니까?"

김기환의 말에 박순길은 주머니에서 담뱃갑을 꺼내 툭툭 털었다.

"아참, 기자 양반. 담배 한 대 태워도 되겠소?"

"아, 예. 재떨이 여기 있습니다."

박순길은 담배에 불을 붙이고 한 모금 태운 뒤, 의자에 등을 기댔다.

"열어 보쇼."

김기환은 정진건과 박순길의 눈치를 살피며 서류를 꺼냈다.

그 안에는 배성준 형사와 석동출 형사의 이력이 담겨 있었다.

이게 대체 뭐냐는 김기환과 달리 정진건의 표정은 딱딱하게 굳었다.

박순길은 멍하니 허공에 피어오른 담배 연기를 보면서 입을 열었다.

"조광의 쁘락치로 의심되는 작자들이요."

그 말에 김기환은 멈칫했다.

이건, 그가 조사한 '쁘락치' 의혹 대상자였다.

내용을 진즉 알아본 정진건은 무표정한 얼굴로 생각에 잠겼다.

'그래서 아까 박 형사는 드럼통 이야기를 하려다 말았던 거군.'

조지훈의 부하들이 드럼통에 무언가를 태울 때, 그 부하들을 체포해서 경찰서로 끌고 온 건 Y서 소속의 배성준과 석동출 버디였다.

'……그리고 배성준 형사는 따로 복귀를 했지.'

박순길이 재떨이에 담뱃재를 톡톡 털어 넣으며 말을 이었다.

"그 두 사람은 Y서에서 광수대에 들어온 사람들로, 제법 오랫동안 조광을 전담해서 조사해 왔소."

"조광을, 말씀입니까?"

김기환의 말에 박순길은 고개를 끄덕였다.

"그라고 저 중에 경찰 정보를 흘리는 아가 있다는 게 내 생각이오."

"……."

박상대가 죽은 날, 그의 당초 목적지였던 인근 바에 들렀던 때.

박순길은 그 타고난 후각을 발휘해서 그곳에 조광의 관계자가 있었다고 가정했다.

그 뒤 정진건은 예의 바를 조사했으나 서류상으로는 아무런 문제점도 찾을 수 없었다.

그래서 정진건은 박순길의 짐작이 틀렸길 바랐으나, 이는 그 뒤로 줄곧 그의 마음 한구석을 가시처럼 건드려 오고 있었다.

치직. 입에 문 담배 끝이 타들어 갔다.

박순길이 담배 연기를 뿜었다.

"후우. 나도 우덜 조직 내부에 쁘락치가 있단 게 썩 유쾌허진 않소. 모쪼록 나가 헛다리를 짚었으면 하고 바랄 정도니께."

"……그렇다면 제가 무엇을 도와드리면 되겠습니까?"

박순길은 손가락을 까딱였다.

"다음 페이지."

김기환은 박순길의 말을 따라 페이지를 넘겼다.

페이지에 나온 건 석동출의 등기등록등본이었다.

"석동출 형사는 얼마 전에 이사를 했드만. 지방 출신인 나도 잠실 땅값이 어떻단 건 주워들어서 아는데, 형사 월급으론 쪼까 부족하지 않소? 뭐, 우연일 수도 있고, 요새 허는 주식 같은 걸루다가 돈을 잘 모은 걸 수도 있지만……"

"……"

"됐고, 다음 페이지로 넘겨 보소."

스륵.

김기환은 아무 말도 하지 않고 페이지를 넘겼다.

"배성준 형사, 안사람이 많이 아팠더구마잉. 암이라 하네."

아팠다.

과거형이었다.

박순길의 손가락 끝에 걸린 담배에서 길게 뻗은 담뱃재가 바닥에 툭 하고 떨어졌다.

박순길은 바닥에 떨어진 담뱃재를 발끝으로 슥슥 문지르며 말을 이었다.

"배성준 형사의 안사람이 병원을 옮긴 지는 얼마 되지 않았소. 공교롭다면 공교롭지만 한때 조성광 회장이 드러누워 있는 삼광병원에 입원해 있었지. 근데 말이요, 그 전까지 입원비며 수술비 같은 게 좀 밀렸었나 보오."

"……."

"그러다 보니 한번은 대출을 알아본 거 같더만, 결국 대출을 받진 않은 듯하고."

박순길은 담배를 마저 태운 뒤, 꽁초를 재떨이에 비벼 껐다.

"안사람은 아픈데 애도 둘이고, 참 안타까운 일이오만, 공은 공이고 사는 사라 안 하요. 그 과정에 딴마음을 품어도 욕하긴 거시기허지."

정진건은 무표정한 얼굴로 박순길의 중얼거림을 들었다.

그가 서슴없이 이를 밝힐 수 있었던 건, 어쩌면 그에게 이곳 서울 '형사'들은 아직 부외자라는 인식이 은연중 뿌리박혀 있기 때문인지도 모른다.

배성준 형사라고 하면 그와 경력도, 연배도, 환경도 비슷

했다.

차이라면, 아내가 중병을 앓았다는 점이었다.

정진건은 은연중 '나라면' 하는 생각을 떠올렸다가 얼른 생각을 접으며 툭 하고 물었다.

"지금은요?"

박순길은 대답 대신 고개를 저었다.

입 밖에 내지 않아도 결과를 알 수 있었다.

박순길이 김기환을 보며 말을 이었다.

"이젠 다 끝난 일이고, 이 이상 뒤를 캐는 건 경찰 입장에 쪼까 거시기한 일이 되고 말 거 같았소. 긍께 기자 양반이 요 때 자금 흐름을 한번 알아봐 주면 좋겠구마잉."

김기환은 생각하다가 고개를 끄덕였다.

"맡겨 주십시오."

"좋소."

거기까지 말한 박순길은 자리에서 일어나며 일부러 어조를 바꿔 입을 뗐다.

"그라믄 슬슬 본부에 얼굴이나 비추러 가야 쓰겠소. 기자 양반, 짐 싣는 거 좀 도와주지 않겠능가?"

"아, 예. 물론이죠."

김기환은 군말 없이 박스를 들었고, 정진건은 김기환을 도와 짐을 나눠 들었다.

「다른 일도 잔뜩 밀려 있는데, 이쯤 하고 덮는 게 어떻겠나?」

　김보성은 얼마 전 들었던 총장의 말을 되새기며 서류 위에 볼펜을 툭툭 두드렸다.

　한번 총장의 눈 밖에 난 김보성이었지만, 이대로 타협하고 넘어간다면 이 이상 책임을 묻지 않겠다는 은근한 회유가 들어오는 중이었다.

　'다른 일이 잔뜩 밀려 있다'는 총장의 말도 딱히 빈말이나 과장은 아니었다.

　검찰 사무실에 쌓여 있는 서류가 종이로 된 탑을 이루고 있다는 것쯤은 공공연한 이야기였고, 기소가 흐지부지되고만 박상대 건이 아니더라도 굵직한 일은 끊이지 않았다.

　종종 들리는 '검사들이 일을 대충 처리한다'는 불만 사항은 검찰에게 부과된 과중한 업무 부담 탓이기도 했다.

　그리고 총장이 말한 '다른 일'은 그저 원래 자리로 복귀하란 말이 아니었다.

　그는 지금 '다른 일'을 김보성에게 맡기는 것으로 어느 정도 고과를 보장해 주겠다는 제안을 던져 오는 것이기도 했다.

　그런 총장의 말을 떠올릴 때면 스치듯 만났던 안기부 곽철

용이 했던 말도 그 뒤를 이었다.

'……신념대로 일을 처리하면 된다, 라.'

그 약속 아닌 약속은 과연 박상대가 죽은 지금도 유효할까.

박상대의 갑작스러운 죽음이 당황스럽기는 검찰 측도 마찬가지였다.

이런 말을 하기는 뭣하지만, 박상대의 죽음은 여당 입장에서도 호재였고, 그간 두문불출하던 최갑철도 서서히 움직임을 보이려 하는 중이었다.

광수대까지 신설해 가며 의기양양하게 나섰던 청장은 검찰총장과 몇 차례 식사 자리를 함께하더니 서서히 지원을 끊어 갔고, 파견 인력들은 각자의 자리로 돌아가는 중이었다.

그 식사 자리에 최갑철이나 그 관계자가 동석했다는 것쯤은 안 봐도 뻔했다.

'공천 약속이라도 받아 냈나.'

결국 광수대는 붕 떠 버렸고, 휘하 수사관들도 갈피를 잡지 못해 우왕좌왕하는 와중 심지어 여론조차도 김보성의 편이 아니었다.

저들이 어떤 공작을 펼쳤는지 짐작이 가지 않는 바는 아니나, 망자를 영웅으로 포장하는 건 정치인들의 전매특허였다.

김보성을 비롯한 광수대 인원은 외로운 싸움을 이어 가고 있었다.

그나마 최근엔 조성광 회장의 최측근이라던 구봉팔이 물망에 오르긴 했으나, 이는 김보성의 생각엔 어디까지나 방패막이에 지나지 않아 보였다.

그가 정화물산에 재직하며 저지른 배임 혐의며 횡령 정황은 캘수록 쏟아져 나오는 노다지였지만, 대한민국 법원은 경제 사범에 관대했다.

더욱이 조광 측에는 여러 전직 법조인들이 고문이란 직함을 달고 앉아 있으니, 그를 재판장에 끌고 간들 법조계의 악습인 '전관예우'가 기다리고 있을 터.

'혐의 없음'이 뜨진 않을 터이나 그가 행한 여러 '사회 공헌'도 만만치 않으니 법정에서 기소유예나 받아 내면 다행이리라.

이래서야 지켜야 할 신념이고 자시고, 김보성은 '애당초 내게 그런 것이 있었는가'조차 모를 만큼 회의감에 빠져 있는 중이었다.

'진퇴양난이군.'

그러는 와중, 노크 소리가 들렸다.

"예."

달각 문이 열리고 수사관이 빼꼼 모습을 드러냈다.

"검사님, 박순길 형사님이 검사님께 인사를 드리고 싶답니다."

"……복귀하셨습니까?"

말하고 보니 스스로도 다소 어처구니없었지만, 수사관은 이해한다는 듯 별다른 말을 하지 않았다.

"예. 들어오라고 할까요?"

광수대 인원들이 하나둘 원래 소속으로 돌아가고 있는 마당에 지원이라니.

그것도 이미 박상대 강도 살해범을 현장에서 검거해 고과는 챙길 대로 챙겼을 박순길이 아니던가.

김보성은 하마터면 어울리지도 않는 감상적인 기분에 빠질 뻔한 걸 간신히 참았다.

검사와 경찰은 겸상을 하지 않는단 말도 있지만, 모두가 그런 것은 아니었고 특히 김보성은 평소에도 여간해선 경찰들과 두루 잘 지내려 노력해 왔다.

하지만 그렇다고 해서 '경찰이 검찰에게 '인사를 하러 오는' 건 조금 이상했다. 더욱이 그들 사이에 사적인 친분으로 발전할 만한 여지가 있었던 건 더더욱 아니었다.

솔직히 말해서 김보성은 박순길처럼 속내를 읽기 힘든 성격을 썩 좋아하는 편은 아니었고, 아마 박순길도 김보성이 그를 사적으로 꺼려 한다는 것쯤은 알고 있을 것이다.

어차피 업무로 엮인 관계일 뿐이다. 필요 이상으로 친해질 이유도, 그럴 기분도 아니니 피차가 그런 사회적 거리를 두는 것이 피차 편했다.

그러니 구태여 찾아와 인사를 한다는 건 달리 무언가, 꿍꿍이가 있는 건가.

김보성은 박순길의 복귀를 반기면서도 그 의중을 파악하려 노력 중이었다.

일단 표면상으로는 그저 형식적인 방문이리라고, 그렇게 생각하며 김보성은 무표정한 얼굴로 고개를 끄덕였다.

"그러도록 하십시오."

수사관이 꾸벅 고개를 숙이고 사무실을 나간 뒤 얼마 지나지 않아 박순길이 정진건을 대동하고 들어왔다.

박순길의 화려한 하와이안 셔츠를 보며 한순간 움찔했던 김보성은 당황—아니면 황당—함을 내색하지 않은 채 입을 뗄 수 있었다.

"어서 오십시오. 박순길 형사님."

김보성이 자리에서 일어나며 웃는 낯으로 반기자 박순길은 먼저 걸어가 악수를 권했다.

"영감님, 그간 별고 없으셨습니까잉."

박순길은 '영감님' 소리까지 붙여 가며 김보성에게 깍듯했으나, 그건 그의 본질이 아님을 김보성은 잘 알고 있었다.

"평소대로지요. 신수가 훤해지셨습니다."

"아이고, 그라믄요. 덕분에 좋은 거 먹고 좋은 거 입고 할 거 다 했습니다. 아차, 그보다 드릴 선물이 하나 있는데……."

일부러 그런다는 것이 눈에 보일 만큼 너스레를 떤 박순길은 사무실 내부를 휘휘 둘러보더니 손에 들고 있던 종이 가방을 뒤적여 책상 위에 물건 하나를 내려놓았다.

자연스레 사양을 하려 했던 김보성은 그럴 틈도 없이 책상 위에 놓인 물건을 물끄러미 쳐다보았다.

카세트테이프.

박순길이 가져온 물건이 평범한 '선물'일 리는 없다.

김보성이 딱딱하게 굳은 얼굴로 박순길을 쳐다보자, 박순길은 씩 웃으며 입을 뗐다.

"쪼까 이르긴 하지만 괜찮으시다면 함께 식사라도 하시지요."

그 곁에서 묵묵히 서 있던 정진건이 짧게 고개를 끄덕였다.

김보성은 그런 둘을 보며 슬쩍 카세트테이프를 안주머니에 챙겨 넣었다.

2장

방학식을 마치자마자 나는 회사로 직행했다.

"어서 오세요, 사장님."

사장실 앞 프런트에서 윤선희가 나를 반겨 주었다.

"오늘은 일찍 오셨네요. 내일부터 방학이셨죠?"

"네. 예은 씨는 외근입니까?"

"예. 요즘 SBY가 난리잖아요. 그러다 보니 여기저기 불려 다니느라 바쁜가 봐요."

그녀의 말마따나 요즘 들어 전예은은 회사에 붙어 있는 일이 드물었다.

SBY의 총괄 담당이기도 한 전예은은 얼마 전의 SBY 2집 앨범 발매 이후 부쩍 바빠졌다.

마니아층만 양산해 냈던 1집과 달리, 2집은 대중성과 음악성 두 방면에서 제법 호평을 끌어냈는데, 이대로라면 다음 달 내에 한 번 정도는 가요무대에서 1위를 찍어 볼 수 있을 거 같다고, 그녀는 흥분을 감추며 내게 보고한 바 있었다.

　　'그녀를 중용하는 조건이 SBY가 가요무대에서 1등을 하는 거였으니까. 뭐, 굳이 그런 조건을 들먹이지 않아도 이미 충분히 중용 중인데.'

　　여기엔 1집과 2집 사이에 공개한—이 시대에는 획기적인—디지털 싱글 앨범이라는 마케팅 기법이 한몫했을 뿐만 아니라, 제화기획에서 주워 온 쓸 만한 작사가 홍상훈, 기고만장할 뿐이던 1집 때와 달리 한 차례 고꾸라지고 슬럼프를 극복한 공가희의 재능이 개화한 덕이기도 했다.

　　'확실히, 전생에도 들어 본 적 없는 스타일이긴 했지. 내 기준으론 살짝 복고풍이긴 하지만.'

　　SBY의 앨범은 분명히 예전에는 없던 스타일로 대중에게 선보일 수 있었으나, 그렇다고 해서 지나치게 시대를 앞서갔다거나 하지는 않았다.

　　팬들이 SBY의 1.5집이라고 부르는 디지털 싱글 앨범의 경우도 그 자체가 기념비적이어서 언론을 탔다 뿐이지, 실질적인 다운로드 횟수는 그다지 많지 않았다.

　　아무래도 아직 모뎀을 통해 인터넷에 접속하는 시대이다 보니, 음원 하나 다운로드하는 데에 드는 '전화비'도 만만치 않았던 것이다.

일례로 SBY의 팬을 자처한 어느 고등학생이 막대한 전화비 청구서를 받아 든 어머니에게 등짝을 얻어맞았다는 웃지 못할 후문이 인터넷에 게시되기도 했으니까.

'그러다 보니 바른손레코드와 합작하여 기획했던 디지털 음원 사이트 설립도 차일피일 미뤄지고 말았지…… 물론 거기엔 아직 여러 제반 사항이 많긴 하지만.'

그러니 SBY의 현재 성적은 오롯이 '음악성' 하나만으로 가요계 순위 상위권을 유지하고 있는 것이나 진배없단 의미로, 어떤 의미에선 고무적인 성과였다.

하긴, 내 기억에도 96년 가요판은 경쟁이 치열했다.

그 기라성 같은 명곡들에 맞서려면 내 기억에도 없는, 내가 듣기에도 새롭고 좋은 느낌으로 나와 주지 않으면 안 될 것이다.

동시에 그녀가 통통 프로덕션과 함께 여기저기 하청 외주를 뿌려 둔 패킷몬스터 애니메이션 제작도 순조로운 듯했다.

'하긴, 내가 돈을 얼마나 쏟아부었는데.'

만들기만 하면 팔릴 것이란 확신이 있었기에 가능한 결단이었다.

우리나라에선 예전부터 일본이나 미국의 외주를 받아 하청을 해 와서 그런지 노하우가 쌓여 있었고, 이 노하우에 통통 프로덕션의 전문성과 인맥, 그 바닥 기준으로는 전례가 없을 지경의 막대한 자본이 투입되니 업계를 떠났던 인재들마저 다시 돌아오곤 한단 이야기를 들을 수 있을 정도였다.

실제로 패킷몬스터 게임은 알음알음 입소문을 타고 퍼져나가며 마니아층을 형성하는 중이었고, 인터넷에서는 사람들이 각종 공략과 노하우를 주고받았다.

심지어는 인터넷에서 만난 사람들이 실제로 모여 게임보이를 연결하곤 패킷몬 배틀을 벌이기도 하는 모양이었는데, 이게 이 시대에선 퍽 신기했던 일이었는지 지상파 뉴스를 탔다.

뭐라더라, 새로운 시대의 놀이 문화, 였나. 메인 특집은 아니고 자투리로 편성한 토막 기사였지만, 기사에서 언급한 크라우드 펀딩 시스템이며 온라인 게임 '바람의 왕국' 등 다른 것들도 알고 보면 SJ컴퍼니의 입김이 닿아 있었단 게 조금 아이러니했다.

이는 비단 동아시아 등지에만 국한된 이야기가 아니었다. SJ소프트웨어에서 로컬라이징한 제품은 북미에도 진출, 거기서도 기대 이상의 수익을 거두며 '내수 전용'이라 분석한 그들의 내부 분석 보고서를 무색하게 만들었다.

패킷몬의 흥행은 이 시대에서도 한물간 게임기 취급을 받고 있던 게임보이의 단종을 고민하던 닌텐도가 부랴부랴 미뤄 뒀던 '게임보이 컬러'라는 신제품 개발 재개에 들어갈 정도였다.

'그래, 물 들어올 때 노 저어야지. 명불허전이랄까, 감각은 있군.'

상황이 이렇다 보니 게임 크리크 측은 즐거운 비명을 질러 댔지만, 경영진을 비롯한 일본 내 투자자들은 마냥 기뻐할 수만도 없는 노릇이었다.

'왜냐면 투자자인 우리가 상품 권리 일부를 쥐고 있거든.'

만일 게임 크리크가 우리를 찾아오지 않고 원래 역사대로 자국 내에서 '기적적인' 투자를 이끌어 냈더라면 그 수익도 고스란히 그들에게 향했겠지만, 그렇기에 나도 당시 무리를 해서라도 그들에게 막대한 투자를 해 온 것이었다.

실제로 일부 전문가들은 한국에서 외주를 받아 제작 중인 패킷몬스터 애니메이션이 북미 등지에 방영될 경우, 막대한 수익을 거둘 것이라 전망하기도 하였다.

해림식품과 연계한 '패킷몬 빵' 개발도 순조로웠다.

그리고 이 패킷몬 빵은 애니메이션 방영과 발 맞춰 전국에 풀릴 예정이었다.

냉동 생지 공장이 얼추 완공된 해림식품은 그 유통망을 기반으로 전국 각지에 연결되었다.

팝업 스토어를 표방한 파리 파네는 순항 중이었고, 회사의 대표인 제니퍼는 어느 잡지사와 인터뷰까지 잡혀 있다는 보고를 받기도 했다.

'지금은 '파리 파네'라는 상호명이 등록되어 있어서 이걸

쓰고 있지만…… 나중에는 '오늘 구운 빵'이란 명칭으로 브랜드를 밀어야지.'

전생의 '파리 파네'라는 이름을 그대로 쓰고 있는 건 나로서도 피치 못할 사정이 있었다.

'씁, 정대성이 이걸 갖고 시비를 걸어오는 건 예상하지 못했는데.'

이러다간 전생처럼 해림식품의 '파리 파네'와 신화식품의 '에브리 데이'가 양분될지도 모를 일이었다.

'물론 그렇게 되지 않게끔 조치를 취해야겠지만…… 정대성에게도 무언가 콩고물을 던져 줘야겠군. 제길.'

S&S의 지배 구조가 꼬여 있어서 발생한 일이었다.

'이래서 상장회사는 싫다니까.'

윤선희가 (그런 내 속도 모르고) 웃었다.

"그래도 오늘 같은 날은 친구들이랑 떡볶이도 먹고 그래야 하는 거 아니에요? 한동안 친구들도 못 만날 텐데."

나는 '친구가 없습니다' 하고 대답하긴 뭣해서 대강 둘러댔다.

"저희 학교 근처엔 떡볶이 가게가 없거든요."

"어머, 그랬나요? 생각해 보니 저번에 파견 갔을 때 그랬던 거 같기도 하고…….."

그건 부촌의 비극이라고 해야 할지. 아무래도 학부모들이 자녀 교육이며 건강 관리에 열성적인 동네인 데다가 인근 땅

값이 높다 보니, 어지간한 분식집은 입점할 엄두도 못 내는 곳이 천화초등학교 상권이었다.

뭐, 그렇다고 학군 전체가 부촌인 것은 아니어서—정진건 형사가 사는 동네처럼—찾으려면 찾을 수도 있고, 실제로도 이용객은 제법 되는 모양이지만.

개인적으로는 떡볶이를 좋아하지 않는다.

그래서 근미래엔 한국을 대표하는 먹거리이자 주전부리의 대표 주자로 정착한 떡볶이 가게가 성행할 때에도 일부러 발길을 하지는 않았으니.

'거기엔 한성진이던 시절 유소년기에 떡볶이를 사 먹곤 하던 추억이 없어서일까.'

그런 것치곤 한성아는 전생에도 떡볶이 킬러였으니, 이는 그저 취향 문제이리라.

'생각해 보니 분식 프랜차이즈도 시장 규모를 따지면 해볼 만은 한데……. 아니지, 그쪽은 정착하기 힘들어.'

일례로, 분식점의 대명사인 김밥천국의 몰락이며 이 시대에 성행 중인 장우동의 몰락 등은 유사 업체의 성행과 무관하지 않았다.

뭔가 하나가 흥한다 싶으면 유사 업체가 우후죽순 생겨나며 시장 자체를 없애 버리는 건, 대한민국 땅에서 일종의 숙명이기도 했다.

근례로, 슬슬 시저스를 흉내 낸 짝퉁 식당이나 당초 시저스가 하려고 했던 것처럼 해외에서 패밀리레스토랑 브랜드를 들여온 식당 따위가 하나둘 생겨나려는 조짐을 보이기 시작하고 있었다.

'……흠. 그쪽은 나중에 손봐 주도록 할까.'

생각해 둔 바는 있다.

그중 하나는 아직 이 시대에는 없는 카드사며 통신사 제휴를 통한 각종 할인 혜택으로 가성비 측면에서 찍어 누르는 것.

다만 아직은 그럴 만한 인프라가 조성되지 않았기 때문에 타이밍을 보며 시기를 기다리고 있을 뿐.

'뭐든 간에 피크를 찍고 나면 내려오기 마련이고, 유행이라는 것도 사그라지기 마련이지. 좀 더 편한 방법은 가게를 처분하고 새로운 식문화의 길로 들어서는 거지만…… 한동안은 먹을 게 남아 있으니 내버려 둘까.'

어차피 S&S에서 경영하는 외식산업 분야는 추후 제니퍼에게 넘길 예정이다.

최근 S&S의 외식사업부는 (방송빨도 있고 해서)승승장구 중이었다.

뉴월드백화점에 들어간 시저스 3호점의 평판도 나쁘지 않았고, 피크 타임 때에는 줄을 서기도 했다.

실패와 고난 끝에 역경을 딛고 일어서야 했던 전생과는 상황이 조금 다르지만, 제니퍼의 역량도 다른 이들과 마찬가지로 서서히 움을 틔고 있었다.

또 이번에는 전생과 달리 해림식품의 정재훈 회장이 제대로 푸시를 해 주고 있다 보니 없는 살림에 빚을 져 가며 사업을 할 필요도 없었다.

그야 물론, 약간의 시행착오는 있었지만—이를테면 앞서의 경우처럼 정대성이 '파리 파네' 상호명을 밀어붙여 가며 슬슬 시비를 걸어오는 식으로—그래도 몇 개의 사업을 말아먹었던 전생에 비하면 아무것도 아니다. 그 정도는 제니퍼 홀로 극복할 수 있는 수준이라 믿고 내버려 두기로 했다.

'이번 생의 그녀는 어지간한 일이 다 잘 풀리기만 할 뿐인 온실 속의 화초나 다름없으니까, 어느 정도는 홀로서기를 시켜야 해.'

그러려면 제니퍼가 내 기대만큼의 수완을 발휘해 주는 것이 급선무다.

당초 S&S를 세운 목적은 외식산업의 제왕이 되려는 것이 아니다.

전국적인 체인점을 통해 유통망을 확보하고, 이를 교두보삼아 해외까지 진출하는 것까지가 S&S의 목표였다.

'조만간 기회를 봐서 로스트 빈의 지분도 넘겨야겠어.'

성장 및 양육이라고 하니, 제니퍼만 있는 것은 아니었다.

그중엔 시저스 2호점의 공동 대표이자 전생에는 외식업계의 큰손 중 하나로 꼽혔던 내 칠촌 허상윤도 있었다.

그와의 첫 만남이 썩 유쾌하지는 않았지만, 내 재종이기도
한 이진영의 중재 덕분에 지금은 사이가 나쁘지 않았고—아
니, 오히려 귀찮을 정도로 내게 자신이 발굴한 신규 아이템
의 가망을 물어 오곤 한다—현재 허상윤은 그야말로 날개를
달았다.
　얼마 전엔.

「야, 아무래도 왠지 양념치킨이 세계에 먹힐 거 같다.」

　하고, 저번에 잠깐 이야기가 나왔던 치킨 프랜차이즈 이야
기를 본격적으로 꺼내 들기도 했다.

「물론 한국 시장에도 먹힐 거 같고. 그래서 말인데, 나도
그 팝업 스토어라는 걸로 한번 시도라도 해 보면 안 될까?」

　들으니 허상윤은 이미 이진영의 인맥을 통해 국내 가공 양
계 시장의 일인자로 군림하고 있는 계림 측 재벌 2세와도 이
미 안면을 텄다고 했다.
　개인적으로는 아직 시기상조라고 생각해 차일피일 미뤄
오던 일이었다.
　하지만 분명 상품성은 있다.
　우리나라의 치킨 시장은 2002년 월드컵 이후 가파르게 성

장해 나중엔 전 세계 맥도날드 매장보다 한국의 치킨집이 더 많다는 통계까지 나올 정도였으니, 오죽할까.

이는 앞서 우후죽순 생겨났다가 시장을 자가 잠식하고 사라지곤 하던 여타 식당 프랜차이즈와는 또 달랐다.

내 경우는 계림과의 계약이 어떻게 될지 몰라 관망하던 일이었지만, 허상윤이 직접 담판을 짓고 사업 계획서까지 작성해 들고 왔으니 슬슬 시작해도 되지 않을까, 하는 생각도 들었다.

'그러고 보니 이번에도 이진영의 도움이 있었군. 다만 어째, 요즘 이진영이 조용한데.'

허상윤에게 슬쩍 물으니 이진영은 요새 가게를 비울 때도 많다고 했다.

시저스 2호점 경영은 이미 궤도에 오른 데다가, 이진영 한 명 없다고 돌아가지 않을 가게도 아니었으므로 당시엔 별달리 신경 쓰지 않았지만, 곱씹고 보니 왠지 모르게 찜찜했다.

'무소식이 희소식이라곤 하지만 이진영의 경우는 혼자서 무슨 꿍꿍이 술책 중인지 알 수 없으니……'

윤선희가 말을 이었다.

"아, 사장님. 이번 주에는 일산출판사와 저녁 약속을 잡아 두었습니다."

일산출판사도 있었지. 슬슬 그쪽도 먹어 치울 준비를 해야 할 때였다.

나는 고개를 끄덕였다.

"예. 그러면 그날은 다른 스케줄을 비우고…….."

그때 마침 전화 진동이 울려서, 나는 윤선희에게 양해를 구한 뒤 사무실로 들어갔다.

발신자 이력이 뜨지 않는 건, 언젠가 뜰 수 있게끔 해야겠다고 생각하면서 나는 전화를 받았다.

"여보세요."

-……성진아?

조세화였다.

왠지 목소리가 떨리는 것이, 심상치 않은 느낌이 들었다.

'설마 조성광이 죽은 건가? 지금은 때가 아닌데…….'

나는 일부러 침착한 어조로 물었다.

"응. 무슨 일이야?"

조세화는 수화기 너머 한숨을 내쉬더니 천천히 말을 이었다.

-긴급히 상담할 게 있는데, 혹시 지금 당장 병원에 와 줄 수 있니?

"……."

뉘앙스상 다행히 아직 조성광이 죽은 건 아닌 듯했지만.

'흠. 이거, 아무래도…….'

도청기를 발견한 건가.

3장

박순길이 김보성을 안내한 곳은 광수대 본부에서 그리 멀지 않은 오래된 백반집이었다.

"이거 영감님을 이런 곳에 모시게 되어서 송구스럽소잉."

각 자리에 수저를 놓는 박순길의 말에 김보성은 미소를 지었다.

"아닙니다. 저도 백반 좋아합니다."

"그라요잉? 왠지 레스토랑에 가서 칼질하는 게 어울리실 거 같은데."

"하하, 그럴 리가요."

지금은 돈깨나 있는 집의 사위로 들어가 있지만, 사법고시에 합격하기 전에는 상류층을 자처할 집안은 아니었다.

김보성이 신상에 대해 구체적으로 밝히진 않았지만 박순길은 그만하면 얼추 알아들었다는 양 씩 웃었다.

"그라믄 다행이요. 자가 먹어 보니께 이 집 곱창전골이 맛이 좋더구만요."

점심이라기엔 늦고, 저녁이라기엔 지나치게 이른 시간대여서 그런지, 가게는 굳이 지금처럼 독방을 쓰지 않고도 두런두런 대화를 나눌 수 있을 만큼 한산했다.

하지만 오늘 점심을 거른 김보성은 마침 시장기를 느꼈기에 박순길의 제안이 차라리 반가울 지경이었다.

"주인장, 여기 곱창전골 대짜로다가. 아, 영감님. 소주 한잔하시렵니까?"

"……아뇨, 아직 업무가 남았으니."

"아차차, 그렇구만요."

박순길은 멋쩍게 웃었다.

"그라믄 밥이나 맛나게 드십시다. 맛은 나가 보장허요."

반찬이 나오고, 곱창전골이 본격적으로 끓기까지 한담을 꺼내 가며 분위기를 주도한 것은 박순길이었다.

그는 자신이 여기저기 '감투를 쓰러' 불려 다녔다는 이야기를 제법 맛깔나게 풀었고, 화제가 끊길 즈음은 능숙하게 다른 주제로 넘어갔다.

개중엔 세상 돌아가는 이야기며 정진건과 김보성의 자녀가 같은 초등학교에 다닌다는 이야기에 애들 방학식까지, 제법 다방면에 두루 걸쳐 있었다.

　김보성 역시도 내빼는 일 없이, 완성된 곱창전골을 공깃밥에 슥삭 비벼 맛있게 그릇을 비웠다.

　제법 화기애애한 분위기였지만, 식탁에 앉은 세 사람은 분명, 대화를 꺼내기 적절한 타이밍을 노리고 있었다.

　김보성이 그릇을 싹 비우고 물을 한 모금 마시고 나니, 식사가 얼추 마무리되는 분위기였다.

　박순길이 웃는 얼굴로 다시 말을 붙였다.

　"어떻습니까. 맛이 괜찮죠잉?"

　"맛있더군요. 근처에 이런 곳이 있는 줄 알았다면 진작에 올 걸 그랬다고 생각할 정도입니다."

　빈말이 아니라, 김보성은 내심 스스로도 총장이 안내한 딤섬 요릿집 같은 곳보다 이곳을 높게 쳤다.

　아마, 거기엔 자리를 함께한 사람들 면면의 분위기도 적잖이 한몫했으리라.

　"흐흐, 그렇다믄 다행이고요. 우덜 지방 사람들은 먹는 거에 까탈스럽다 안 하요. 모시는 입장에서 영감님을 아무 데나 모실 수는 없지요."

　한차례 너스레를 떤 박순길은.

　"자, 그라믄."

　웃음기를 살짝 거두며 말을 이었다.

　"그 영감님이 갖고 있는 카세트테이프. 그거 한번 들어 봐야 쓰지 않겠소."

"……그래야지요."

박순길은 준비하고 있었다는 듯 주머니에서 워크맨을 꺼내 김보성에게 건넸다.

MP3 플레이어가 나오는 시대에도 아직 휴대용카세트테이프 기기는 시대를 공존하고 있었다.

김보성은 아무런 말도 없이 카세트테이프를 워크맨에 넣은 뒤, 이어폰을 귀에 꽂았다.

"……."

청취를 마친 김보성이 이어폰을 내려놓았다.

"어디서 난 겁니까?"

딱딱하게 굳은 얼굴과 목소리였다.

김보성의 말에 대답한 건 잠자코 있던 정진건이었다.

"도깨비 신문의 김기환 대표님이 제보해 주셨습니다. 총격 피살 사건의 피해자인 박길태의 애인이 넘겨주었다는군요."

"……."

박순길이 거들고 나섰다.

"정황상으로는 박길태가 조지훈이의 명령을 받아서 조성광 회장의 병실에 몰래 설치한 거 같다고, 저희끼리 이야기가 나왔습니다."

그 이야기를 듣는 김보성은 빠르게 사고했다.

즉, 박길태의 죽음은 그저 세력 간 영역 다툼이라거나 우발적인 것이 아닌, 조설훈과 조지훈 사이의 대립 구도가 형상화한 것이란 의미였다.

'그러고 보니 박길태의 품에는 부서진 카세트테이프가 있었지.'

그 머릿속은 지금 복잡했다.

'조설훈이 사람을 시켜 박길태를 죽인 건가? 아니, 그럴 필요는 없었어. 조설훈쯤 되는 인물이 굳이 박길태를 죽일 까닭은 없지. 그러면 만나서 무언가 협상을 하려다가 우발적인 충격으로 무산? 대체 일이 어떻게 돌아가는 거지? 그보다 이건 법정 증거물로 채택될 수 있을까? 명시되지는 않더라도 판결에 영향을 끼칠 수 있다면 그래도……'

지금 이 자리에서 생각해 봐야 무슨 소용이랴.

"이거 외에도 더 있습니까?"

김보성의 물음에 박순길이 씩 웃었다.

"그라믄요."

"……제출을 부탁드리겠습니다."

"물론입니다. 제가 이거 갖고 있다고 뭐 어째 하겠습니까. 당연히 드려야지요. 근디…… ."

박순길이 목소리를 낮췄다.

"나가 영감님을 여까지 모셔 온 건 그냥 밥이나 한 끼 하자고 온 건 아닙니다."

"……무슨 말씀이십니까?"

박순길은 조금 주저하더니 천천히 입을 뗐다.

"나가 보기에는 광수대 내부에 쁘락치…… 내통자가 있는 거 같소."

"…….'

김보성은 박순길과 정진건이 곧장 증거를 제출하지 않고 구태여 자신을 불러내 식사를 대접한 이유를 비로소 알 것 같았다.

부리나케 병원으로 가 보니, 조성광의 병실 앞은 구봉팔이 언젠가 자신의—믿을 만한—직속 부하라고 일러둔 남자가 서 있었다.

그날 이후, 조성광의 병실 경호는 조세화가 대표로 있는 경비 업체에서 전담하기로 했는데, 그 협의는 지금껏 잘 지켜지고 있는 모양이었다.

실제로 조설훈이며 조지훈은 서로를 견제하기라도 하는지, 각자가 확인차 한 번씩 엇갈려 방문한 이후로 병원에 얼씬도 하지 않았다.

그는 구봉팔에게 내 인상착의를 전해 들었는지 내게 슬쩍 묵례를 했고, 나는 고개를 마주 끄덕여 인사를 받은 뒤 물었다.

"무슨 일인가요?"

조세화는 경황이 없는지 상황이 이렇다 설명을 하지 않고 '병원에 가겠다'는 내 대답을 듣자마자 전화를 끊어 버렸으므로, 나도 구체적인 상황은 알지 못했다.

사내는 잠시 망설이다가 대답했다.

"회장님의 병세가 악화되어 신변을 집중치료실로 이전하셨습니다."

"……그랬군요."

아무래도 조성광의 병환이 악화된 모양이었다.

"세화는요?"

"병실 안쪽에 계십니다."

나는 고개를 끄덕인 뒤 달각, 조심스럽게 병실 문을 열었다.

조세화는 텅 빈 병실에 멍한 얼굴로 우두커니, 홀로 의자에 앉아 있었다.

그녀는 내 인기척을 눈치채곤 천천히 고개를 돌려 나를 보았다.

"……아, 성진아."

조세화의 손에는 저번에 기록한 홀인원 기념 트로피가 들려 있었다.

속이 텅 비고 가벼운, 트로피.

그녀 앞 탁자 위에는 도청기가 이리저리 널브러져 있었다. 예상대로 그녀는 조지훈이 설치한 도청기를 발견한 것이다.

'이것도 제법 우여곡절이 있었지.'

조지훈은 경비 업체 선정 후, 확인을 빌미로 도청기를 회수하러 병문안을 왔었다.

나는 그 전 숱한 병문안 때 트로피를 돌려놓았고, 조지훈은 원본과 동일한 트로피와 교체해 속이 텅 빈 트로피를 회수해 갔다.

그리고 나는 조지훈이 바꿔치기한 트로피를 다시 회수해, 금형 기술자를 섭외해 만든 '속이 텅 빈' 트로피 속에 복제를 마친 도청기까지 채워 넣고 때를 기다리고 있었던 것이다.

'뛰는 놈 위에 나는 놈 있는 법 아니겠어?'

그러니까 아마, 박상대가 한창 구설수에 올라 그에게 검찰 측이 구속영장을 발부할지 말지를 언론이 떠들어 댈 때쯤이었다.

조지훈은 내가 이중 삼중으로 트랩을 깔아 두었으리라곤 추호도 생각지 못했으리라.

'아니, 그 전에 내가 트로피 속 도청기를 눈치챈 줄도 모르겠지.'

그리고 내 판단은 주효해서, 병세가 악화된 조성광이 VIP 룸에서 집중치료실로 장소를 옮기려 할 때 짐을 챙기러 온 조세화는 트로피의 이변을 눈치챘다.

하지만, 지금은 모른 척 연기를 펼칠 때였다.

나는 마음을 가다듬은 뒤, 시선을 트로피와 탁자 위의 도청기로 번갈아 향했다.

"무슨 일이야?"

"⋯⋯나도 몰라."

조세화가 고개를 떨어트렸다가 다시 나를 올려다보았다.

"그러니까, 할아버지가 갑자기 아프셔서, 병실을 옮겨야 한다고 해서, 그래서, 짐을 챙기는데⋯⋯."

조세화는 지금 무척이나 혼란스러워 보였다.

그녀의 표정에는 경악과 분노, 그리고 어찌할 바를 몰라 당황해하는 기색이 역력했다.

나는 냉장고에서 생수 하나를 꺼내 뚜껑을 따 그녀에게 내밀었다.

"괜찮으니까 진정해. 나는 네 편이야."

"⋯⋯응."

조세화는 물을 한 모금, 아니 연거푸 들이켜더니 한 통을 다 비우고 후우, 한숨을 내쉬었다.

"미안. 그리고 와 줘서 고마워."

"아니야."

나는 천천히 그녀 곁에 앉았다.

"⋯⋯."

잠시 기다려 주었더니, 어느 정도 냉정을 되찾은 조세화는 침묵을 깨고 전후사정을 차분히 설명해 주었다.

조세화는 오늘도 혼자 병문안을 왔다고 했다. 그녀도 오늘이 방학식이어서 평소보다 일찍 왔다는 것 말고는 평소와 다를 바 없는 하루였다.

그녀는 화병의 꽃을 갈았고, 조성광에게 이런저런 이야기를 했다.

그리고 이변이 왔다.

조성광의 호흡이 거칠어졌고, 조세화는 다급히 너스콜을 눌렀다.

담당 의사와 간호사는 조성광의 상태를 검사한 뒤, 그를 싣고 자리를 떠났다.

담당 의사는 조세화에게 조성광을 집중치료실로 옮겨야 할 것 같다고, 서명을 부탁했다.

조세화는 차분하게 수속을 밟았다.

당시까지만 하더라도 그녀 스스로도 신기할 만큼 냉정했던 듯했다.

'조세화 역시도 언젠가 조성광이 잘못될지 모른단 생각을 하고 마음의 준비를 해 왔겠지.'

조세화는 저래 봬도 나이에 비해 눈치가 빠릿하고 영리하니까.

의사 일동은 조성광을 집중치료실로 옮겼다.

집중치료실은 일반적인 병실과 다르다.

그러니 조세화가 그에게 자그마한 위안이라도 될까 싶어 갈아 주곤 하던 생화는 반입이 불가능했다.

이때 조세화는 그녀 스스로도 딱히 신경을 쓰지 않던 기념 트로피를 떠올렸다.

"그래서 이거라도 가져다 놓으려고 했는데……."

트로피는 속이 텅 빈 듯이 가볍고, 안에 무언가가 들어 있는 듯 달그락거렸다.

그녀는 거기서 무언가 잘못되어도 단단히 잘못되었음을 직감했으리라.

조세화는 즉시 트로피를 열어 내부를 확인해 보았고, 그 속에서 도청기―저번에 보았던 것보다 최신형으로 보이는 ―를 어렵지 않게 찾아낼 수 있었다.

"그때 네가 생각나서, 나, 곧장 전화를 건 거야."

조세화는 목소리에 물기가 어리려는 걸 꾹 눌러 참았다.

"네 생각은 어때? 이게 뭔 것 같아?"

조세화가 나를 보았다.

"이상한 건 아니지? 응?"

나는 고개를 저었다.

"도청기야."

내 침통해하는 표정이 제대로 잘 전달되었을까.

"……역시."

조세화가 고개를 떨어트렸다.

"누가 한 거라고 생각해?"

그녀도 아마 내심 답을 내놓고 있었을 것이지만, 나는 모른 체하며 조세화의 물음에 담담히 대꾸했다.

"아마 조지훈 아저씨일 거야."

"……작은아버지가?"

나는 고개를 끄덕였다.

"도청기가 설치된 건 저번에 나를 포함해서 셋이 이야기를 나눴을 때라고 생각해. 그때 조지훈 아저씨가 병실에 먼저 도착해 있었고, 아마 그때 도청기와 트로피를 교체했겠지."

"……."

"정확한 시일은 도청기를 들어 보면 알 수 있겠지만, 일단 내 생각은 그래."

"……."

조세화는 한동안 트로피를 만지작거릴 뿐 아무런 말이 없었다.

조지훈은 이미 한 차례, 도청기를 몰래 설치했다는 전과가 있다. 그 일을 조설훈과 조세화 자신(그리고 나)이 나서서 무마하고, 두 형제 사이를 돈독히 하는 전화위복의 자리라고 여겼던 그녀로서는 치가 떨리는 배신감을 참기 힘든 듯했다.

한 번은 용서가 가능해도 두 번은 안 될 일이다.

조세화가 무표정한 얼굴로 고개를 들었다.

"성진아. 너는 내가 어떻게 하면 좋을 거 같아?"

나는 조세화의 질문에 준비해 온 대답을 내놓았다.

"내 생각에는……."

4장

사무실로 돌아온 김보성은 손에 든 서류 봉투를 따로 챙기지도 않고, 즉시 수사관들을 소집했다.

"모두 주목. 수사 방침을 변경하겠습니다."

검찰수사관들은 김보성의 선언 같은 말에 자세를 고쳐 앉으며 경청의 자세를 취했다.

"지금부터 박상대 건은 잠시 내려 두고 박길태 피살 사건에 집중하고자 합니다."

수사관들은 김보성의 입에서 '이만 철수하기로 했다'는 말을 기대하기로 했는지, 그들은 아무런 말 없이 저마다 얼굴을 살폈다.

박길태?

분명 박길태 피살 사건에 대해서도 수사 지휘권을 받은 상황이긴 했으나, 내부에서는 어디까지나 광수대 창설의 명분 정도로 취급하고 있던 사건이었다.

박길태 피살 사건은 현재 김수영이 유력한 용의자로 물망에 올라 있었고, 그는 박상대와 마찬가지로 병원에서 사망하여 기소 대상에서 배제된 상태였다.

이런 상황이니 그들이 철수를 염두에 두고 있었던 것도 이상하지 않았다.

지금은 구봉팔이 물망에 올라 조광의 비리 및 죽은 박상대와의 유착을 조사 중이었지만 이는 어디까지나 '별개의 사건' 취급을 받고 있었고, 상층부에서도 사건을 넘기라며 압박을 가하고 있다는 건 이제 와서 공공연한 비밀이었다.

하지만 박길태 쪽으로 집중하기 시작하면 이야기는 조금 달라진다.

박길태가 살해된 Y구 인근 부지는 마침 구봉팔이 소유주로 있었고, 구봉팔을 박길태 살해와 엮는다면 이번 사건을 물고 늘어질 만한 시간 벌이는 되리란 것이 그들 각자의 생각이었다.

김보성 역시도 수사관들이 생각하는 바를 짐작하지 못한 바는 아니었지만, 일부러 모른 척 사무적인 어조로 말을 이었다.

"우선은 당일 박길태 및 관계자의 행적과 증거품, 부검 기록 등을 재검토하도록 하겠습니다."

수사관들은 재빨리 김보성의 말을 받아 적었다.

김보성은 각자에게 담당을 배정했고, 담당관들은 저마다 복명하며 재차 확인을 마쳤다.

"아, 그리고."

김보성이 말을 이었다.

"이 일은 일단 경찰의 협조 없이 우리끼리만 진행하는 걸로 합시다."

김보성이 덧댄 말에 수사관들은 어리둥절해하면서도 저마다 생각하는 바가 있는지 고개를 끄덕였다.

입 밖에 내지는 않았지만, 수사 지휘권을 두고 검찰과 경찰 사이에 알력 다툼이 시작되는 모양이라고 생각해 버린 것이다.

"그럼 수고해 주십시오."

수사관들이 자료를 챙겨 사무실을 나서고 난 뒤, 김보성은 그중 자신의 오른팔에 가까운 수사관에게 눈짓을 해서 그를 불렀다.

"방 수사관님, 혹시 바쁘십니까?"

그러잖아도 자신은 사건에서 아무런 담당도 맡지 않아 이대로 한강 변사체 사건을 계속 맡아야 하나 생각하던 차였는데.

"예? 아뇨, 괜찮습니다만……. 무슨 일이십니까?"

"방 수사관님은 잠시 제 사무실로 와 주십시오."

그게 아니었던 모양이다.

"아, 예. 알겠습니다 검사님."

김보성은 수사관을 대동하고 자신의 자리로 돌아가 책상 위에 서류 봉투를 툭 하고 던졌다.

수사관은 독실 문을 닫은 뒤 김보성 앞에 섰고, 김보성은 그사이 책장 구석에 놓인 박길태 사건 파일이 담긴 박스를 꺼내 책상 위에 쿵 하고 내려놓았다.

"방 수사관님께서 따로 조사해 주셨으면 하는 일이 있습니다."

수사관은 고개를 끄덕이며 김보성의 책상 위에 놓인 박스며 방금 전 그가 놓은 서류를 보았다.

"들고 오신 서류와 무관하지 않은 일입니까?"

"……그렇다고도 할 수 있죠."

평소 김보성답지 않은 완곡한 화법에 수사관은 얼굴을 딱딱하게 굳혔다.

"괜찮으시다면 서류를 살펴봐도 되겠습니까?"

"그 전에 잠시만."

김보성은 박길태 사건이 담긴 파일을 뒤적이며 물었다.

"지동훈을 현장에서 검거한 당시, 그 수사 및 취조를 담당한 사람이 누군지 혹시 알고 계십니까?"

수사관은 잠시 생각하다가 기억을 더듬어 대답했다.

"초동은 Y서에서 담당했으니…… 석동출 형사와 배성준 형사가 주축이 되어 움직였습니다."

"그랬군요."

김보성은 박스에서 서류 뭉치를 꺼내 책상 위로 꺼내 놓은 뒤, 페이지를 뒤적였다.

"그런데 혹시, 수사 당시 조세광은 물망에 오른 적이 있습니까?"

"조세광……이요?"

김보성이 고개를 들어 서류 한 페이지를 펼친 뒤, 수사관이 볼 수 있게끔 방향을 돌려 보여 주었다.

"조설훈의 장남입니다. 그가 박길태 피살 사건의 목격자인 지동훈과 용의자 김수영과 친분이 있다……고 들은 적이 있어서요."

"아."

과연 서류에는 초기 수사 자료가 적혀 있었다.

수사관이 고개를 끄덕였다.

"기억나는군요. 사건 초기에는 있었습니다."

뿐만 아니라 서류에는 '혐의 없음'으로, 당시 수사를 진행한 석동출과 배성준의 서명이 기재되어 있었다.

이후는 변호사를 낀 지동훈의 '일관된 진술'이 이어졌고, 검찰과 경찰은 지동훈의 진술에 근거한 수사를 펼치다가 현재는 수사 종결 직전까지 왔다.

'……과연.'

김보성은 박순길의 '냄새가 난다'는 직감에 의존한 불확실한 요소는 신뢰하지 않았다.

실제로 그들이 현장을 탐문하면서 발견한 바는 경영상 독립되어 있었을 뿐 아니라 합법적인 가게였다.

박순길의 주장과 달리 경검 측은 조광과 가게의 유착을 발견할 수 없었다.

'하지만 유력한 용의자로 물망에 올랐어야 할 조세광이 별다른 조사도 없이 배제된 건…….'

그야말로 '냄새가 났다.'

김보성은 그제야 그가 가지고 온 서류 봉투로 다시 시선을 옮겼다.

"살펴보시겠습니까."

수사관은 기다렸다는 듯 서류 봉투를 열었다.

내용을 확인한 수사관의 얼굴이 딱딱하게 굳었다.

"……이건."

"경찰 내부에 조광과 내통하는 사람이 있는 듯합니다."

수사관은 페이지를 넘기며 고개를 끄덕였다.

그제야 방금 전 김보성이 말한 '경찰의 협조 없이 우리끼리만 진행'한다는 말의 저의를 읽어 낸 것이다.

수사관이 눈을 가늘게 떴다.

"그러면 말씀하신 내통자는 Y서의…….”

"아직 확정 요소는 아닙니다."

김보성은 만에 하나 오해가 없게끔 덧붙인 뒤 신중하게 말을 이었다.

"현재 박순길 형사와 정진건 형사가 조사 중입니다. 방 수사관님은 두 분과 합류해 그들을 도와주십시오."

"……."

수사관이 고개를 끄덕였다.

"알겠습니다. 곧 합류하도록 하겠습니다."

"예. 이미 알고 계시겠지만……."

수사관이 씩 웃었다.

"신중하게 움직이겠습니다."

"그러면 맡기겠습니다."

수사관은 다시 한번 서류를 살핀 뒤, 서류를 봉투에 넣어 김보성의 책상에 도로 올려놓곤 고개를 꾸벅 숙였다.

수사관이 김보성의 개인 사무실을 나가자마자 김보성은 길고 긴 한숨을 내쉬며 의자에 앉아 등을 기댔다.

"쁘락치……라."

조성광의 상태가 악화되었다는 소식은 조설훈을 비롯한 조지훈에게도 연락이 닿았다.

병원에 도착한 조설훈은 곧장 집중치료실을 찾았으나, 그 입구에서 병원 관계자에게 제지되어 병문안은 금지 상태였다.

별수 없이 대기실로 돌아온 조설훈은 인사 대신 의자에 우두커니 앉아 있는 조세화를 쳐다보며 툭 하고 말을 던졌다.

"아버지는 언제 들어가셨느냐."

"……오래되지 않았어요."

조설훈은 짧게 고개를 끄덕이곤 그 곁에 앉은 이성진을 향해 시선을 옮겼다.

참 공교로운 일이지만, 이번에도 이성진이 함께 있었다.

이만하면 이성진이라는 이 소년이 뒤에서 움직이며 무언가 재액을 가져오는 것은 아닐지, 허튼 생각마저 들 지경이었지만.

어디 동네 꼬맹이도 아니고, 삼광의 장손인 녀석이다. 더욱이 삼광이라고 하면 깡패 짓을 하며 부를 쌓아 올린 조광과 달리, 근본부터가 뼈대 있는 집안이었으므로 지금처럼 조광과 사이가 좋아서 나쁠 것이라곤 하등 없는 집안이기도 했다.

'그러다 보니 그들은 응당 정부 쪽에도 연이 닿아 있지.'

정계와 줄을 대는 건 쉽지 않다.

조광만 하더라도 박상대라는 그릇을 키워 정계에 줄을 대려 몇 년을 수고하였지만, 그 농사는 어그러지고 말지 않았는가.

만일 이성진을 잘 엮을 수만 있다면 결코 나쁘지 않은 이야기가 된다.

'조세화도 녀석에게 제법 마음이 있는 것 같고.'

이성진이 어떤지는 모르지만, 어린애 생각쯤이야.

해서, 조설훈은 그답지 않게 입가에 희미한 미소까지 띠어가며 이성진에게 말을 건넸다.

"이번에도 네 도움을 받았구나. 고맙다."

"아니에요."

이성진은 그 잘생긴 얼굴 위로 웃음을 지으며 겸양을 표했다.

"제가 왔을 땐 이미 세화가 조치를 다 취해 놓고 있었는걸요. 저도 해야 할 일을 했을 뿐이니 너무 신경 써 주시지 않아도 됩니다."

되바라진 꼬맹이다.

어릴 적부터 제법 영특하단 소릴 듣고 자란 조세광도 이성진에 비하면 달 아래 반딧불이었다.

아직은 어리지만, 좀 더 성장하고 나면 어떤 녀석으로 자라게 될지 조설훈은 상상하기가 힘들었다.

'핏줄인가.'

그 피를 조광에 엮을 수만 있다면…… 나쁘지 않은 이야기다.

조세화가 친자식이라면 응당 반길 만한 일이지만 그렇지

않더라도 조세화가 조성광의 딸, 자신에게는 이복누이가 되
는 처지임을 아는 이는 손에 꼽을 정도다.

'그 부분은 일단 조세화에게 맡겨 둬야겠군.'

그런데 정작 조세화는 오늘따라 상태가 이상했다.

그가 병실에 도착해서 이런저런 수속을 알아보는 중에도
조세화는 줄곧 멍하니 앉아 있다가 이따금 흠칫하며 고개를
휘휘 저어 대곤 했는데.

'……아버지의 병환이 위중해져서 그런 건가.'

결국은 어린애다.

혈육의 죽음을 앞에 두고 감정적으로 동요하는 건 당연한
일이니, 조설훈은 어느 정도 위화감을 느끼면서도 신경 쓰지
않기로 했다.

그때였다.

"아니, 내가 우리 아버지를 보겠다는데, 누가 말려!"

조설훈은 바깥에서 쩌렁쩌렁 울리는 목소리를 들으며 인
상을 구겼다.

조지훈이 난동을 피우고 있는 것이다.

조설훈은 쓴웃음을 지으며 집중치료실로 향하는 입구 앞
에서 난리를 피우고 있는 조지훈을 말리러 자리를 옮겼다.

"웬 소란이냐."

"형님!"

조지훈이 씩씩거리다 말고 고개를 돌렸다.

"아, 글쎄 자식 된 도리가 있지, 생판 타인이 나서서 는……."

"경거망동하지 마라."

조설훈의 나직한 말에 조지훈은 불만스러운 얼굴로 입을 꾹 다물었고, 조설훈은 그런 조지훈의 어깨를 툭툭 두드려 주었다.

"우리나라에서는 둘째가라면 서러울 사람들이다. 방해하지 말고 앉아서 기다리자."

"……알았수, 형님."

조지훈은 쳇, 하고 마지못해 대기실로 돌아왔다.

대기실로 돌아온 조지훈은 자리에 앉아 있는 조세화를 보며 반갑게 알은체를 했다.

"오, 세화야."

조세화는 움찔하더니 고개를 들어 조지훈을 보았다.

"작은아버지……."

"전화로 대강 들었다. 네가 그, 간호사를 불렀다지?"

"……."

조세화의 묵묵한 시선은 조지훈에 닿아 있었고, 그런 그녀의 어깨를 이성진이 툭 하고 치자 그제야 고개를 끄덕였다.

"……네."

"잘했다. 네가 없었으면 큰일이 날 뻔했겠어. 아버지도 기뻐하실 게다."

"……네. 작은아버지……."

그런 둘을 보면서 조설훈은 눈을 가늘게 떴다.

'……음?'

방금 전까지만 해도 조세화가 평소와 다른 모습을 보이고 있던 건, 아버지가 중환자실로 자리를 옮긴 충격 때문이라 여기던 조설훈은.

'왠지 그런 이유 때문만은 아닌 것 같군.'

언뜻 스치고 지나가 눈치채기 힘든 것이었지만, 조지훈을 보는 조세화의 시선은 분명.

'적의?'

조세화의 시선에는 희미한 적의며 원망 같은 것이 얕게 배여 있었다.

비록 친자식은 아닐지라도 십몇 년을 키워 왔다.

조세화가 내색하지 않더라도 평소 사람 관찰을 게을리하지 않던 조설훈이 그런 미묘한 변화를 눈치채지 못할 리는 없다.

그렇다면 어째서, 조세화는 조지훈에게 적의 같은 것을 품은 것일까.

자식 교육에 엄격한 조설훈과 달리, 잔정이 많은 조지훈은 조성광과 더불어 자신의 조카들에게 숨통을 트여 주는 역할을 해 왔고, 그래서 조세화 역시 조지훈을 일반적인 친척 어르신 이상으로 잘 따랐다.

그런데 이제 와서?

그 순간 조설훈과 이성진의 눈이 마주쳤다.

'……이번에도 저놈이 뭔가 한 건가?'

이성진은 자연스럽게 시선을 옮겼으나, 조설훈은 왠지 모르게, 이번에도 이성진이 이 자리에 있는 것이 무척 공교롭단 생각을 했다.

수사관은 본부와 멀리 떨어지지 않은 로스트 빈에서 박순길 및 정진건과 합류했다.

"방승혁 계장입니다."

"박순길이오."

"정진건입니다."

피차 면식도 있었고, 서로의 존재를 인지하고 있기도 했으나, 돌이켜 보니 제대로 된 통성명을 하는 것은 이번이 처음이었다.

경찰과 검찰의 관계가 다르듯, 검찰수사관과 경찰의 관계는 또 달랐다.

그리고 광수대에서 이들의 관계는 여타 일반적인 관계와 또 달랐는데.

이는 여간해선 실무에 직접 뛰어드는 성격인 김보성 검사의 성격적인 면모도 한몫했고, 당시엔 한창 박상대 건으로 정신이 없다 보니 조직 소개를 대강 넘어가고 만 불찰이 지금까지 이어진 것도 있었다.

아니, 그보단 오히려 급조된 광수대 내부에서 일어난 검찰과 경찰 사이의 미묘한 신경전과 알력 다툼이 실무자 선까지 어색한 관행처럼 내려온 탓도 있으리라.

인사를 나누자마자 먼저 살갑게 화두를 튼 건 얼굴 가죽이 두꺼운 박순길이었다.

"방 계장님, 커피 한 잔 하시겠소잉?"

그렇게 말하는 박순길 앞에는 로스트 빈의 효자 상품인 아이스 아메리카노가 놓여 있었고, 정진건 앞자리는 비어 있었다.

방승혁이 고개를 저었다.

"아닙니다. 괜찮습니다."

"그래요잉? 이거 맛나는디."

박순길은 그렇게 중얼거리며 빨대를 한 입 쪽 빨았다.

박순길은 로스트 빈의 아이스 아메리카노를 한 입 먹자마자 '아따, 서울은 이런 좋은 걸 먹고 있었소?' 하며 호들갑을 떨어 댔는데, 정진건으로서는 차마 동의하기 힘든 견해였다.

'별게 취향이군.'

요즘 저 맹물 커피를 입에 달고 사는 강하윤조차 '익숙해지면 맛있다'고 했는데, 박순길은 처음부터 그 진가(?)를 알아보았다는 것이 왠지 좀, 그랬다.

'……이렇게 해서 시대에 뒤처지는 건가.'

정진건은 잡생각을 애써 떨치며 입을 뗐다.

"방 계장님, 검사님께 말씀은 들었습니까?"

"예."

방승혁이 담담한 투로 대답했다.

"내부에 좋지 않은 이야기가 들려온다고요."

"지금으로서는 그런 셈입니다."

"조사는 어디까지 이뤄졌습니까?"

나름대로 에두른다고 한 모양이지만, 실상은 퍽 단도직입적이었다.

박순길이 끼어들었다.

"이제 막 출발선에 섰시다. 그짝은 우덜이 조사 중인 것이 있으니 시간이 지나면 정보가 들어올 기요."

"……."

방승혁은 언뜻 '이 상황에 검찰을 견제하는 건가' 하고 생각했지만, 박순길의 뒤이은 말에 생각을 고쳤다.

"거 도깨비 신문이라고 들어 보셨소잉?"

"예? 아, 그렇습니다만."

"그짝 대표님이 쪼까 협조를 해 주기로 하셔서 말이요. 아무래도 이짝이 움직이는 것보단 거시기, 기밀 유지니 뭐니 하는 것에선 수월치 않겠소. 검사님도 별말씀 없으셨으니 괜찮다고 보요."

그러며 박순길은 김보성과 식사 자리에서 있었던 이야기를 간추려 들려주었다.

숨김없이 털어놓는 그 태도에 방승혁도 경계심을 누그러트리며 여기 오기 전 검사 사무실에서 알아낸 사항을 그들에게 공유했다.

그 이야기에 정진건의 표정이 딱딱하게 굳었다.

"즉, 목격자의 진술 일부가 중간에 핵심 사안을 제외하고 종결되었단 말씀입니까?"

"정황상은 그러합니다만, 생각나시는 거라도?"

"……조금, 있습니다."

언젠가 반장이 양상춘에게 했던 말이었다.

「김수영이랑 지동훈은 그 조설훈의 장남인 조세광이랑 어울려 다니던 놈입니다. 해서, 내부에선 조세광도 양 박사님의 제3자 가설의 용의자에 넣어 두고 있죠.」

그때만 하더라도 분명, 조세광은 양상춘이 제시한 '제3자 가설' 속의 유력한 용의자였다.

정진건은 생각난 바를 말했고, 그 말을 들은 방승혁은 천천히 고개를 끄덕였다.

"즉, 이미 물망에 올랐던 조세광과 관련한 혐의 및 보고는

중간 과정에 의도적으로 누락되었다는 거군요.'

잠시 생각하던 방승혁은 다시 입을 뗐다.

"아무래도 Y서 쪽에서 취조를 담당했다 보니, 저도 석동출 형사와는 몇 차례 이야기를 나눠 본 적이 있습니다. 제 생각입니다만, 그분은 내통자 혐의에서 차등으로 배제해도 될 것 같습니다."

방승혁의 말에 박순길이 눈썹을 씰룩였다.

"뭔가 있소?"

"석동출 형사가 잠실 쪽에 아파트 분양을 받았다는 건 Y서 내에선 제법 공공연한 이야기인 듯했습니다. 뒤가 켕기는 일이라면 그렇게 노골적으로 떠들어 대지 않겠죠. 물론 그를 혐의에서 완전히 배제하자는 이야기는 아닙니다만, 지금으로서는 선택과 집중을 해야 할 때가 아닌가 합니다."

"그도 그렇겠구먼. 아따, 방 계장님도 촉이 대단하요잉."

"아무래도 검사님보다 제가 현장과 가까운 편이니까요."

정진건이 물었다.

"배성준 형사는 어떻습니까?"

"글쎄요."

방승혁이 말을 이었다.

"그분은 좀처럼 이렇다 할 말씀이 없으셔서. 저도 그분이 아내분과 사별했다는 건 두 분께 처음 듣는 이야기입니다."

박순길이 덤덤하게 중얼거렸다.

"뭐어, 어디 가서 떠들고 다닐 만한 이야기는 아닝께."

박순길은 비치된 아이스 아메리카노를 마저 마신 뒤, 얼음만 남은 컵을 달그락 흔들었다.

"그라믄 그 작고하신 아내분 병원비는 어떻게 됐을까잉. 방 계장님은 생각나시는 거 없소?"

방승혁은 잠시 생각하더니 신중하게 대꾸했다.

"……보편적인 것은 아닙니다만, 만약 배 형사가 조광과 내통을 하고 있으며 그에 상응하는 대가를 받아 왔다고 가정할 때, 이런 경우는 보험사를 엮거나 재단을 통합니다."

"보험사요?"

"예. 가입 날짜를 변경하거나 실제보다 병의 경중을 부풀려 신고하는 방식입니다만, 이런 경우는 병원 내에도 관계자가 있기 마련이죠. 하지만…… 삼광종합병원이라 하셨습니까?"

"그라요."

"그렇다면 보험사는 아닐 가능성이 높겠군요. 조광 그룹은 보험사를 경영하는 입장도 아니고요. 하지만 조광에는 그들의 기부금을 받는 재단이 제법 많지 않습니까."

방승혁의 말에 정진건은 속으로 쓴웃음을 지었다.

따지고 보면 박강선을 잠시 동안 보호해 주었던 곳도 조광의 후원을 받아 운영되는 보육원이었다.

'그리고 거기에는 이성진 그 녀석도 개입해 있었지.'

방승혁이 말을 이었다.

"재단을 통한 자금 세탁 및 뇌물 공여는 이 바닥에선 공공연한 일이기도 합니다. 배 형사의 아내분……. 그분의 입원비 입출금 내역이 재단의 후원을 받아서 이루어졌다면 배 형사와 조광의 유착을 증명할 수도 있을 겁니다."

그 말을 들으며 박순길은 고개를 끄덕였다.

"역시 배우신 분은 달라도 어딘가 다르구만요. 하면, 그쪽 방향으로다가 알아보면 될 거 같다고 김 대표에게 연락하면 되겠소잉."

"……아마도요."

그도 민간의 개입을 내켜 하는 눈치는 아니었지만, 김보성도 묵인한 일이니 방승혁도 하는 수 없다는 투였다.

"하믄."

박순길이 얼음을 아작아작 씹어 먹으며 자리에서 일어섰다.

"일단 병원에 가 보는 건 어떻소잉."

"병원이요?"

"예. 가서 이런저런 기록도 살펴보고, 운이 좋으면 건질 게 나오지 않겠습니까."

방승혁은 떨떠름한 얼굴로 박순길의 말을 받았다.

"……병원 기록 열람은 의료법의 보호를 받고 있습니다만. 그러려면 영장 발부 심사를……."

"아휴, 그짝도 다 사람 사는 데인디, 좋게좋게 말하면 다 들어줄 거요. 또, 이 기회에 현장을 한번 살펴보는 것도 좋지 않겠소잉."

"……."

'현장을 살핀다'는 박순길의 말은 일견 타당했다.

"……그러시죠."

거기에 더해서, 지금으로서는 기다리는 것밖에 할 수 있는 일이 없기도 했고.

'뭔가, 눈치챈 건가?'

나는 조세화를 살피는 조설훈을 보며 속으로 혀를 쯧, 찼다.

사전에 조지훈을 만나더라도 아무런 내색을 하지 말라고 언질을 던져 두었지만, 뭐 애당초 큰 기대는 하지 않았다.

조세화는 조지훈을 보자마자 동요를 감추지 못했고, 그 표정이 얼굴에 고스란히 드러났다.

그리고 조설훈은 그런 조세화의 변화를 놓치지 않은 듯했다.

'……한편으론 균열의 전조로 치부해도 좋겠지만.'

앞서 트로피 속의 도청기를 발견한 뒤 어찌할 바를 몰라

하던 조세화는 내게 '어떻게 하면 좋겠느냐'고 물었고.

나는 어떤 게 최선인지 알아서 생각해 보란 말을 해 두었다.

조세화는 내 말이 뻔한 일반론이라 여기며 탐탁지 않아 하는 얼굴을 했지만…….

'일이 불거지고 나면 조설훈에게 도청기를 발견했다는 걸 보고하겠지.'

이미 김기환을 통해 박길태가 빼돌린 도청 사본을 경찰에게 넘긴 터였다.

'그러면 경찰 측은 그 내용을 토대로 조설훈을 소환할 것이고…… 조설훈은 이게 어디서 나온 건지 무척 궁금해할 거야.'

만일 조세화가 도청기 내용을 들었다면 상황은 또 달라졌겠지만, 조지훈이 트로피 속에 집어넣은 이 특수 모델은 별도의 재생 장치를 요했다.

그리고 도청기 속에서, 조설훈과 조지훈은 내가 나가자마자 제법 진중한 이야기를 나누었다.

그 내용 중에는 구봉팔의 처우를 논하는 것도 있었고, 이래저래 흉금을 털어놓는 것처럼 들리는 내용도 있었다.

가장 중요한 건, 그들이 박상대와의 유착을 '실토'하는 내용이 있었단 점이었다.

'조지훈이 수상하리만치 끈덕지게 물고 늘어지며 물어본

결과지.'

지금은 어떨지 모르지만, 당시만 하더라도 조지훈은 조설훈을 온전히 신뢰하고 있지 않았던 셈이었다.

거기에 더해 박상대를 '재낀다'고 하는 내용까지.

잘만 엮어 들어가면 살인 교사 및 미수 쪽으로 몰아갈 유력한 증거였다.

'박길태 건이 애매모호했단 건 아쉽지만, 그래도 은닉을 하려 했단 정황까진 나왔으니.'

조지훈이 트로피 속에 감춘 도청기 원본은 내 손에 있으니, 여차해서 일이 틀어지더라도 그때 가서 터뜨려도 된다.

'문제는 경찰이 내 의도대로 움직여 주느냐인데⋯⋯.'

박상대 건처럼 내 예상 밖의 일도 일어나는 마당이니, 보험을 몇 개씩 들어 놓아도 방심은 금물이다.

'씁, 애당초 박상대 그놈은 왜 사람을 죽여 가지고선.'

한편, 조설훈과 달리 조지훈은 조세화의 미묘한 변화를 눈치채지 못한 듯 그녀의 어깨를 툭툭 두드려 주었다.

"너무 걱정할 거 없다. 그 뭐냐, 오히려 네 덕분에 아버지도 무사하신 거니까."

오히려 그는 조세화의 표정을 조성광의 위중함 때문이라고 여기고 마는 듯했다.

"그런데, 이성진이라고 했나? 너도 있구나."

표적이 나를 향했다.

"아, 네. 오랜만에 뵙습니다."

"그래, 네가 세화를 잘 챙겨 준다고 들었다. 이것도 인연인데 이대로 밥이나 한 끼 할까?"

거절할 명분이 생각나지 않아서 잠시 망설였더니, 조세화가 얼른 끼어들었다.

"죄송해요, 작은아버지. 성진이랑 저는 따로 약속이 있어서……."

"아, 그러냐."

조지훈은 나랑 조세화를 번갈아 보더니 픽 웃었다.

"그렇다면야 어쩔 수 없지. 응, 다 큰 어른이 니들 사이에 끼는 것도 모양새가 안 좋고. 어디 보자."

조지훈은 주머니를 뒤져 지갑을 펼치더니, 만 원짜리 지폐를 잡히는 대로 꺼내서 내게 내밀었다.

"자, 우리 세화 맛난 거라도 사 줘라."

"예? 받을 수 없어요."

"쯧, 어른이 준다고 할 때 받아. 아니면, 네가 나보다 돈더 잘 번다고 그러는 게냐?"

그렇게까지 나오면 안 챙길 수도 없고.

"……감사합니다."

"음."

조지훈은 고개를 끄덕이더니 우리가 하는 양을 가만히 지켜보고 있던 조설훈을 향해 고개를 돌렸다.

"형님은 어쩌시겠소?"

"응?"

"애들은 애들끼리 있겠다고 하니까……. 형님도 설마 바쁘시오?"

조설훈은 조세화와 나를 힐끗 쳐다보더니 고개를 저었다.

"아니다. 나도 수속만 밟고 나면 돌아가려고 했어. 온 김에 아버지 얼굴이라도 뵐까 했더니, 그건 당장은 힘들겠군."

"흐흐. 뭐, 이렇게 된 거, 우리끼리만이라도 움직입시다."

"……그러지."

조설훈은 마지못해 고개를 끄덕이곤 조세화를 보았다.

"어디 갈 일 있으면 태워 주마."

"아, 아니에요. 아빠."

조세화는 우물쭈물하더니 내 눈치를 살피며 말을 이었다.

"저는 성진이랑 조금 더 있다가 갈게요. 말씀은 감사드립니다."

"……그러냐. 그러면 무슨 일이 있거든 연락하고."

조설훈도 내심 생각하는 구석은 있어 보였지만, 두 번은 권하지 않았다.

아마, 때가 되면 조세화의 이변에 대해 그 원인이 무언지, 알게 될 때가 오리라 생각하는 모양이었다.

조세화가 자리에서 일어섰다.

"바래다드릴게요."

그렇게 우리는 중환자실 앞 로비를 떠났다.

✦

정진건이 운전하는 차를 타고 병원에 도착한 세 사람은 주위를 두리번거리며 병원을 살폈다.

"아따, 서울은 병원도 삐까번쩍하요잉."

박순길은 호들갑에 너스레를 섞어 가며 감상을 표했고, 정진건은 쓴웃음만 지었다.

병원이란 장소는 여간해선 방문하지 않는 것이 최선이라고 하지만, 자타공인 대한민국 최고의 의료 기관을 자부하는 삼광종합병원은 입구부터가 깨끗하고 정갈했다.

"이곳에 조성광 회장이 입원해 있는 거군요."

방승혁은 그렇게 말하며 고개를 돌렸다.

"뿐만 아니라 배 형사의 아내분까지도……."

정진건이 고개를 끄덕였다.

"그러면 일단 원무과라도……."

"잠깐."

방승혁이 정진건의 말허리를 끊었다.

"저쪽, 보이십니까?"

그 말에 둘은 직업적 습관으로 자연스럽게, 눈에 띄지 않게끔 힐끗 방승혁이 가리킨 방향을 보았다.

"공교롭군요."

정진건은 그렇게 중얼거리며 병원 로비 기둥에 등을 기댔다.

그곳은 조광 일가가 로비를 걸어 나오고 있었다.

'큰 행차를 하셨군. 조설훈에 조지훈, 거기에다가…… 뒤따라오는 저 여자애가 조세화인가? 그리고…….'

정진건은 조세화의 곁에 바짝 붙어 발걸음을 옮기는 소년을 발견하곤 움찔했다.

잘못 본 게 아니었다.

'……이성진?'

이성진이 왜 여길?

정진건은 마음을 다잡으며 눈을 가늘게 떴다.

'……아무래도, 이번에도 저 녀석이 개입해 있는 모양이군.'

이건 호재일까, 아니면…….

정진건은 조광 일가와 이성진이 함께 있는 것이 결코 우연이 아닐 것이라 생각했다.

'마치 이번 사건은 처음부터 끝까지 이성진이 개입해 있는 것 같은걸.'

우연이 겹치면 필연이라고 했던가.

생각해 보면 이번 사건과 관련된 주변 인물은 모두 이성진과 어느 정도씩은 엮여 있었다.

이성진은 이번 사건의 단초가 된 도깨비 신문의 투자자이기도 했고, 강하윤이 발견한 반지의 출처를 밝히는 데 도움을 준 뉴월드백화점 측의 친척이면서, 박강선을 보호한 요한의 집에 정기적으로 후원을 해 오기까지.

'심지어 요한의 집은 구봉팔이 이사장으로 있는 새마음아동복지재단에서 운영하고 있고.'

하물며 Y구의 요한의 집 부속 시설 공사 현장에서 박길태가 죽은 건 과연, 우연이었을까.

그리고 지금 이성진은 이 모든 사건의 배후로 추정되는 조광 일가와 함께하는 모습을 보이고 있었다.

'물론 조광과는 재벌가라는 공통분모가 있으니 끼리끼리 어울리는 것도 아주 이상하진 않아. 하나씩 떼어 놓고 보면 말이 안 되는 건 없지만…… 거시적으로 조망해 보면 신기하리만치 이성진이 곳곳에 관련되어 있군.'

한편 박순길은 생각에 잠겨 있는 정진건을 쳐다보다가 툭 말을 던졌다.

"정 형사, 뭔가 생각나는 거라도 있소잉?"

"아."

정진건은 상념을 깨트리며 고개를 저었다.

"아뇨, 아무것도 아닙니다."

그 덕에 또 한 가지, 생각난 것이 있었다.

마침 조성광이 입원해 있는 이곳은 삼광종합병원.

삼광 그룹이 소유한 사설 의료원으로, 이 장소 역시 이성
진과 무관하지 않은 장소였단 점이었다.

　'일단은 이성진을 쫓아가 봐야겠어.'

　정진건이 눈짓하자 박순길과 방승혁은 조용히 그들의 뒤
를 쫓았다.

　지금은 이성진을 언급하지 않더라도 조광 일가라는 공공의
대상이 있으니 굳이 누굴 쫓자는 말을 하지 않아도 되었다.

　주차장으로 향한 조광 일가는 무언가 두런두런 이야기를
나누더니 조세화와 이성진을 병원에 남겨 두고 자리를 떠났
고, 조설훈과 조지훈은 함께 같은 차에 올랐다.

　'이성진은 조세화와 함께 병원에 남기로 한 모양이야. 그
렇다면…….'

　정진건은 주머니에서 차 열쇠를 꺼내 정진건에게 건넸다.

　"두 분은 조설훈과 조지훈의 뒤를 밟아 주십시오."

　박순길은 어리둥절해하며 열쇠를 받았다.

　"하믄 정 형사는 어쩌실라고요?"

　"저는 여기 혼자 남아 조사를 해 보겠습니다."

　단독 행동을 하겠단 정진건의 말에 박순길은 의아해하면
서도 마지못해 고개를 끄덕였다.

　"알았소. 그라믄 방 계장님이랑 저는 조설훈이를 쫓아가
보겠소잉."

　저들이 향하는 방향을 줄곧 살피던 방승혁도 동의한다는

듯 마주 고개를 끄덕였다.

애당초 병원에서 얻어 갈 게 뭐가 있겠냐며 다소 회의적인 입장을 내비치던 그였으나, 이렇듯 '운이 좋게도' 조광 일가가 한자리에 모인 것을 발견했으니 이번 행운을 기회라 여긴 것이리라.

"그럼, 정 형사님. 부탁드리겠습니다."

둘은 정진건을 남겨 두고 주차해 둔 차를 향해 자리를 떠났다.

"운전은 방 계장님이 해 주쇼잉. 서울 길은 허벌 복잡해 갖고."

방승혁은 군말 없이 열쇠를 받아 들고 운전석에 앉았다.

"곧장 쫓겠습니다."

"그라요."

방승혁이 모는 차는 부드럽게 주차장을 빠져나와 조설훈의 세단을 따라 움직였다.

얼마간 그들의 뒤를 쫓다가 차 한 대를 사이에 두고 차량은 신호를 받았다.

조수석의 박순길이 툭 하고 입을 뗐다.

"일단 내 생각으로는 조성광 회장의 신변에 뭔가 이상 징후가 온 모양이요."

"……그런 듯합니다. 조광 일가가 총출동했으니까요."

"근디, 아까 전에 여자애랑 남자애는 누군 거 같소?"

"……여자애는 조세화인 것 같군요. 함께 있던 남자애는 누군지 모르겠습니다만."

"조세광이 아니요?"

방승혁이 쓴웃음을 지으며 고개를 저었다.

"그럴 리가요. 조세광은 고등학생이지 않습니까? 남자애는 많이 쳐 봐야 중학생 정도로밖에 보이질 않던데요."

"흐음."

생각에 잠긴 박순길을 보며 방승혁이 입을 뗐다.

"그나저나 정 형사님은 뭔가 발견하신 것 같던데요."

"으잉?"

"왠지 방금 전 그 남자애를 아는 듯한 눈치여서 말입니다."

박순길이 턱을 긁적였다.

"그라고 보니……. 해도, 근디 정 형사가 그런 어린애를 으째 안답니까?"

"……글쎄요."

그 부분만큼은 방승혁도 확답하기 힘들었다.

모르긴 몰라도 조광과 관계가 있고, 차림새며 행동거지가 그 나잇대의 평범한 어린애들과는 어딘지 달랐지만.

"혹시 정 형사 딸내미랑 친구인감?"

"하하, 설마요."

웃으며 대답한 방승혁은 고개를 갸웃했다.

'……음? 뭔가, 생각이 날 듯도 한데.'

그사이 다시 초록불이 들어오고, 방승혁은 차를 몰았다.

"암튼 간에 정 형사도 생각한 바가 있는 모양이요잉. 그짝 은 정 형사에게 맡겨 놓읍시다."

"예. 일단 저희는 조설훈과 조지훈의 행적부터 쫓도록 하죠."

방승혁과 박순길이 떠나간 자리에 홀로 남은 정진건은 기둥 뒤에 기대어 서서 이성진과 조세화를 관찰했다.

조세화는 조설훈과 조지훈이 떠나자마자 어깨를 떨어트렸고, 이성진은 그런 조세화에게 무어라 위로의 말을 건네는 것처럼 보였다.

'조성광의 상태 때문인가.'

그들은 다시 병원으로 발길을 돌렸다.

이성진은 조세화를 향해 진지한 얼굴로 무언가를 말했고, 조세화는 어딘지 결의에 찬 눈으로 고개를 끄덕이는 모습이었다.

정진건은 조심스럽게 두 사람의 뒤를 밟았다.

엘리베이터 앞에서 멈춰 선 이성진과 조세화.

그때 이성진이 조세화에게 무어라 말한 뒤 자리를 떠났고,

엘리베이터 앞에는 조세화가 홀로 남았다가 엘리베이터에 올라탔다.

'화장실이라도 가는 건가.'

순간 정진건은 누구 뒤를 쫓을지 망설였다.

그때였다.

우웅, 하고 정진건의 안주머니에서 핸드폰이 울렸다.

'음?'

정진건은 강하윤인가 싶어—그러고 보니 강하윤에게는 아무런 말도 없이 여기까지 오고 말았단 생각과 함께—묵묵히 전화를 받았다.

"예, 정진건입니다."

—안녕하세요, 아저씨.

핸드폰에서 들려오는 앳된 목소리에 정진건은 저도 모르게 흠칫했다.

'이성진?'

설마, 들킨 건가?

아니, 형사 짬밥이 몇 년인데, 이런 꼬맹이에게 들킬 리가.

'뭔가 다른 용건이 있는 거겠지.'

핸드폰 너머 이성진의 목소리가 이어졌다.

—우연히 병원에서 아저씨를 뵌 거 같아서요. 혹시 지금 삼광병원에 계시지 않나요?

"……."

들켰군. 저런 어린애한테.

정진건은 애써 태연한 목소리로 그 말을 받았다.

"그래."

-그랬군요. 혹시 잘못 본 건 아닐까 해서 전화를 드렸습니다만. 폐가 된 건 아니죠?

"괜찮다."

정진건은 무어라 말해야 할지 몰라서 일단은 그렇게 대답했다.

"우연이긴 하지만 이런 식으로라도 만났구나."

그러면서 정진건은 재빠르게 주위를 둘러보았다.

-그러게요. 바쁘시지만 않다면 잠시 뵐 수 있을까요?"

시선이 닿았다.

이성진은 그리 멀리 떨어지지 않은 곳에서 번쩍 손을 들고 보란 듯 팔을 흔들어 보이고 있었다.

'아예 저쪽에서 먼저 선수를 치는군.'

정진건은 쓴웃음을 지으며 마주 흔들어 주었다.

"그러자꾸나. 내가 그쪽으로 가마."

-네.

정진건은 핸드폰을 덮어 전화를 끊으며 성큼성큼 이성진을 향해 발걸음을 옮겼다.

이걸 전생부터 갈고닦아 온 촉이라고 해야 할지.

자랑은 아니지만, 전생의 나는 누군가에게 뒤를 밟히는 일이 종종 있었다.

그러다 보니 어느 순간부터, 누군가가 나를 따라붙는단 느낌을 받는다 싶어 주위를 둘러보면 아니나 다를까, 거의 항상 누군가가 있곤 했다.

그리고 지금, 그 촉이 발동했다.

조세화와 함께 조설훈 일당을 마중하던 때, 나는 내 뒤를 따라붙는 예의 기묘한 시선을 의식할 수 있었고, 유리에 비쳐 그들을 살핀 나는 평정을 흐트러트릴 뻔했다.

'정진건 형사?'

뿐만 아니라 곁에는 두 사람이 더 있었다.

강하윤은 어디로 갔는지 보이질 않았지만, 공무를 수행 중이라는 느낌이 물씬한 남자와 화려한 하와이안 셔츠 차림의 남자였다.

그중 어디서 나온 패션 감각인지 모를 하와이안 셔츠를 입은 한 명은 어디서 본 느낌이 있었다.

'어디였지⋯⋯. 전생이었나?'

그렇게 생각하던 나는 이내 그 알 듯 말 듯 한 동행자의 정체를 알아챘다.

'아, 박상대!'

그는 박상대를 강도 살해한 택시 기사를 검거했다던 형사였다.

영웅 만들기를 좋아하는 언론의 물살을 그렇게나 타 댔으니, 내 기억력이 아니더라도 기억에 남지 않기가 힘들 인물이었다.

보기보다 수완이 뛰어난 형사라고 생각했던 기억이 났다.

'그리고……'

정장 차림의 남은 한 명은 누군지 모르겠지만 다소 데면데면해 보이는 것이 서로 아주 친한 사이는 아닌 것으로 보였다.

그래도 결코 풋내기처럼은 보이지 않았다.

'그나저나 강하윤 없이, 저런 인물들이 병원을 방문했다니.'

모르긴 몰라도 몸이 아파서 온 건 아닐 터.

'설마 나를 쫓아서?'

에이, 설마.

그야, 요즘 평소 이상으로 꼬리가 길긴 했지만 내가 뒤에서 이 모든 사건을 조종하고 있다는 걸 눈치채게 만들 정도로 멍청하게 행동하진 않았다고 자부한다.

……아마도.

'흠, 그래도 지금쯤이면 저들에게 분명 도청 내용 사본이

갔을 건데, 그럼에도 불구하고 병원에 있을 이유가 있나?'

뭐, 도청기의 출처가 병원인 데다가 조설훈을 쫓아온 거라면 그럴 듯하지만.

'강하윤 없이 베테랑들끼리 여기로 왔다는 건, 뭔가 짚이는 구석이 있긴 있는 모양이지.'

김기환의 말에 의하면 강하윤은 카세트테이프 회수 때 오지 않았다고 했다.

'……조금 신중하게 살펴봐야겠군.'

나는 그들이 내가 눈치챈 걸 모르게끔 신경 쓰면서 일당을 살폈다.

그사이 셋 중 정진건이 남고, 둘은 자동차로 향해 정진건의 애마에 올라탔다.

분명, 조설훈과 조지훈의 행적을 추적하려는 것이리라.

'그러면 여긴 정진건 혼자 남은 건가? 차라리 잘됐군.'

그렇다면 정진건이 일행을 대동해 여기까지 온 건 다른 용건이 있어서였다는 것일 테고, 아마, 정진건은 '우연히' 나를 발견하고서 없던 용무가 생긴 것일 터.

'하지만 이 상황에 조세화와 정진건을 마주치게 하면 안 되겠지.'

이렇게 된 거, 나는 먼저 선수를 치기로 했다.

한편 조설훈과 조지훈이 자리를 뜨자마자 조세화는 눈에 띄게 침울해했다.

"······휴우."

길게 한숨을 내쉰 조세화는 쓴웃음을 지으며 나를 보았다.

"이래도 괜찮은 걸까?"

"······네 아버지께 비밀로 한 거?"

조세화가 고개를 끄덕였다.

"응, 모처럼 작은아버지랑 아빠 사이가 좋아졌다고 생각했더니······ 차마 알려 드리질 못하겠어."

조세화가 말을 이었다.

"이미 지나간 일이기도 하고."

나는 조세화의 말에 고개를 끄덕였다.

"응. 도청기가 설치된 날짜를 생각해 보면······ 그럴 수도 있겠구나 싶어. 아마 조지훈 아저씨도 그저, 만에 하나를 대비해서 보험을 들어 둔 게 아닐까."

말은 에둘러 조지훈을 편드는 것처럼 들리게 했지만.

"······."

조세화는 그 '보험을 들 만한 일이 무엇인지' 의식하는 듯했다.

"하지만."

나는 정진건이 아직 병원에 남아 있는 걸 의식하면서 말을 이었다.

"내가 없는 자리에서 두 분이 무슨 말씀을 나누셨는지는 아직 모르니, 확정은 금물이겠지."

내 말에 조세화는 진지한 얼굴로 고개를 끄덕였다.

"그럴 일은 없어야겠지만, 만일…… 작은아버지가 아빠를 함정에 빠트리려고 한다면, 그때 가선 나도 각오를 다질 거야."

제법 강단이 있다.

'하긴, 조세화는 전생에도 만만치 않았지.'

조세화는 트로피가 들어 있는 내 가방을 보면서 말을 이었다.

"그래도 혹시 모르니까 트로피를 새로 따 놔야겠어. 성진이 너, 이런 거 만드는 업체 같은 거, 알고 있는 데 없니?"

물론, 있고말고.

그 트로피도 지금 몇 개째 복제된 건지 모를 판국이다.

"알아볼게."

"……고마워."

그리고 나는 멀찍이서 우리를 따라오고 있는 정진건을 몰래 살피면서 엘리베이터로 조세화를 이끌었다.

"아, 그렇지."

나는 엘리베이터 앞에 서서 조세화를 보았다.

"먼저 가서 기다리고 있을래? 커피라도 사 갈게."

"……그러면 나는 아이스 아메리카노."

"알았어. 그럼 주문하고 올게."

그 뒤, 나는 자연스럽게 조세화와 작별하며 자리를 떴다.

그사이 정진건은 조세화가 올라탄 엘리베이터의 디지털 계기판을 쳐다보며 그녀가 향한 층을 가늠하는 듯 보였다.

'그러면 슬슬.'

나는 목소리를 가다듬은 뒤 정진건의 핸드폰에 전화를 걸었고, 그는 곧장 내 전화를 받았다.

—예, 정진건입니다.

나는 (굳이 그럴 필요는 없었지만)미소 띤 얼굴로 입을 뗐다.

"안녕하세요, 아저씨."

내 목소리를 들은 정진건이 흠칫하며 주위를 살피는 모습이, 왠지 우스웠다.

'나한테 미행이 들킬 거라곤 생각도 못 한 모양이지.'

그래, 이 기회에 정진건이 병원까지 행차하신 이유를 들어봐야겠다.

나는 자연스럽게 정진건을 병원에 자리 잡은 로스트 빈으로 이끌었다.

"뭔가 드시겠어요?"

정진건은 딱히 아이스 아메리카노를 바라는 눈치는 아니었지만, 내 권유에 앞서 먼저 지갑을 꺼냈다.

"아니다. 이런 건 어른이 사야지."

"아뇨, 저 다른 사람 몫까지 사야 해서……."

나는 은근슬쩍 조세화의 존재를 흘려 보았지만, 정진건의 표정은 변화가 없었다.

'상황이야 어찌 되었건 형사 짬밥이 어디 가는 건 아니군.'

정진건이 고개를 저었다.

"그러면 그 몫까지 내 주마. 아이스…… 아메리카노, 맞지?"

"아, 저는 밀크티로 해 주세요. 커피 못 마시거든요."

내 말에 정진건은 다소 어처구니없다는 듯 나를 보았다.

"……이 커피 가게, 네가 경영하는 곳이라고 들었는데?"

"네, 맞아요."

"……."

그 시선은 마치 정육점을 운영하고 있는 채식주의자를 보는 듯한 눈이었다.

고개를 돌린 정진건은 주문을 기다리는 점원에게 주문을 넣었다.

"여기 아이스 아메리카노 하나, 밀크티 둘…… 아니, 아이스 아메리카노 둘에 홍차로 부탁드리겠습니다."

"네, 손님. 아이스 아메리카노 둘, 밀크티 하나, 주문 받았습니다."

앞서 말한 대로 그는 구태여 조세화 몫까지 커피값을 냈다.

'모르긴 몰라도 내가 정진건보다 가진 돈이 훨씬 많을 텐데 말이야.'

그건 정진건 스스로도 잘 알고 있겠지만, 나는 일단 미소로 감사를 표했다.

"감사합니다, 아저씨."

"아니다."

주문 후 음료를 기다리는 사이, 나는 모르는 척 정진건을 슬쩍 떠보았다.

"그런데 아저씨, 병원에는 어쩐 일이세요?"

"······일이야."

정진건은 감정의 동요를 드러내지 않는 무표정한 얼굴로 대답했다.

"네가 신경 쓸 일은 아니다."

대놓고 선을 긋는 태도였지만 나는 아랑곳하지 않고 선수를 쳤다.

물론, 조심스럽게.

"혹시······ 조광 쪽과 관련한 일인가요?"

이번에는 정진건의 표정에 변화가 있었다.

정진건은 움찔하더니 순간적으로 나를 매섭게 노려보았다가 얼른 표정을 고치며 한숨을 내쉬었다.

"왜 그렇게 생각했니?"

"그야······ 요즘 뉴스나 신문을 보면 조광 그룹과 관련한 소식이 연일 들려오고 있으니까요."

나는 일부러 정진건의 눈치를 살피는 표정으로 말을 이었다.

"그…… 제가 소개해 드린 요한의 집이 그런 분이 경영할 줄은 저도 몰랐지만요."

나는 그가 '조광의 구봉팔'을 수사하는 연장선에 온 것이라 확신하게끔 말을 꾸몄고.

"괜찮다."

내 의도는 잘 먹혀들었다.

"네 덕분에 한동안 강선이도 안전하게 보호받을 수 있었으니까. 그나저나 성진이 너는 시사에 밝구나."

그 정도로 시사에 밝다 운운할 수 있나?

지금 대한민국에서 박상대 이름 석 자를 모르는 사람은 전혀 없다고 해도 무방할 수준이구만.

하지만 정진건의 말도 일견 일리는 있었다.

언론은 박상대와 관련한 자극적인 보도만을 내보냈을 뿐 그 이후 수사가 어떻게 이루어지고 있는지, 그리고 그 수사가 난황을 겪고 공중분해 직전이라는 것 등은 일부러 찾지 않으면 찾아보기 힘든 수준이었다.

그나마 김기환의 도깨비 신문이 이런 여타 언론과 달리 제대로 된 방침을 고수해 내고 있을 뿐.

나는 조심스레 말을 받았다.

"어울리지 않게 회사를 경영하고 있으니까요. 뉴스와 신문은 매일 꼬박꼬박 챙겨 보고 있거든요. 게다가 박상대 씨 사건은 저와 아주 무관한 일도 아니고요……."

그러면서 나는 일부러 말끝을 흐렸다.

정진건으로 하여금 내가 박강선과 관련해 죄책감 비슷한 거라도 느끼고 있다고 느끼게끔 하기 위해서였다.

"……."

"그래서 저는 지금 새마음아동복지재단에 하고 있는 후원도 나쁜 일에 쓰인 건 아닌지 노심초사하고 있어요."

한편 정진건은 내가 예사 꼬맹이가 아니라는 걸 새삼 자각한 듯 고개를 끄덕였다.

하긴, 그는 이미 이래저래 나와 어린아이답지 않은 용무로 많이 엮여 있었으니까.

그래서 정진건은 대화의 수준을 조금 높여 대답했다.

"아니다. 다른 건 몰라도 요한의 집과 관련한 경영은 깨끗했어."

"그런가요?"

"음. 게다가 나도 찾아가 보았지만 요한의 집은 다른 곳과 비교해도 못한 구석이 없을 만큼 좋은 곳이더구나. 덕분에 강선이도 거기서 지내는 동안 많이 밝아졌고."

"다행이네요."

일단 나는 박상선과 관련해 반가운 소식을 들어서 안도했다는 듯 미소를 지었다.

박강선의 행적에 대해선 이미 예의주시하고 있어서 알고 있었지만, 나는 여기서 화제가 끊기는 건 어색하리라 생각했기에 구태여 지금이 기회라는 듯 그 행적을 물어보았다.

"아, 요즘 강선이는 어떻게, 잘 지내고 있나요? 그 애도 사건이 사건이다 보니 많이 힘들 텐데……."

"이걸 다행이라고 해야 할지는 모르겠지만 아직 어려서 잘 모르는 모양이다."

정진건이 말을 이었다.

"강선이의 행적에 대해선 조만간 조치를 취할 것 같은데…… 그쪽은 아직 잘 모르겠구나. 다음에 강 형사에게 부탁해 보마."

"……그래도 결국 보육 시설로 가게 되겠죠?"

정진건은 쓸쓸한 표정을 했다.

"아무래도 그렇겠지."

박강선은 현재 아무런 혈육 없이 혈혈단신으로 남아 있으니, 그 뒤의 행정적 절차는 불 보듯 뻔했다.

그나마 박상대 쪽의 친인척이 남아 있는 모양이긴 하나, 그들은 박강선의 존재를 인정하고 싶어 하지도 않을뿐더러 아예 박상대와 선을 그으려 하고 있었다.

그래서 박상대의 법적 대리인은 박강선과 박상대의 친자 확인 절차에 동의를 하지 않으려고 버티면서 일을 차일피일 뒤로 미루고만 있었다.

'그런 주제에 유산 상속 문제가 불거지기 시작하면 눈에 불을 켜고 달려들겠지.'

생각해 보면 퍽 아이러니한 일이었다.

'D구 일대는 여전히 박상대 소유의 토지가 즐비해 있지. 만일 박강선이 박상대의 유산을 상속받게 된다면 사실상 그 지역 유지나 다름없을 텐데, 그럼에도 그 D구의 오래된 보육원으로 간다라……'

이쯤해서 정진건은 그가 생각하는 조광의 혐의점과 내가 생각하는 조광의 혐의점이 다르다고 인지했는지, 슬쩍 경계를 풀며 입가엔 희미한 미소까지 머금었다.

"그래도 보육원에 가야만 한다면 가능한 한 요한의 집으로 갈 수 있게끔 선처해 보마."

"부탁드릴게요. 강선이도 이왕이면 조금이라도 정을 붙였던 곳에 가는 게 좋을 것 같으니까요."

정진건은 희미한 미소를 유지한 채 고개를 끄덕였다.

그렇게 조금 화기애애해진 분위기 속에서 정진건이 입을 뗐다.

"아무튼, 오늘 방문한 건…… 그런 이유가 아니니 네가 달리 신경 쓸 건 없다."

물론 그러시겠지.

아마 오늘 병원을 찾은 건 도청기와 관련한 의혹이 영향을 끼치고 있기 때문일 터.

하지만 나는 모른 척 안도하는 표정을 지었다.

"그렇군요. 다행이에요."

나는 조심스레 말을 이었다.

"사실, 말씀은 못 드렸지만, 저도 친구네 회사가 좋지 않은 일로 구설수에 오르는 건 조금 기분이 이상했거든요. 더군다나 지금은 한창 힘들 때인데……."

그러면서 미끼를 풀었더니, 기대하던 대로 정진건은 미끼를 덥석 물었다.

"친구?"

"아, 네. 오늘은 친구를 따라 병문안을 왔어요. 조세화라고 해요."

"음."

"실은 방금 전까지도 조성광 회장님의 병문안을 다녀오는 길이었어요. 상황이 상황이다 보니 오늘은 뵙지 못했지만요."

"……무슨 일인데?"

나는 숨기는 일 없이 대답해 주었다.

"조성광 회장님의 용태가 많이 안 좋아지셨거든요. 그래서……."

내가 순순히 정보 제공을 해 주는 눈치이자, 정진건도 완전히 경계를 풀면서 내게 사담처럼 슬쩍 물었다.

"그래서 지금은 한창 힘들 때라고 한 거구나. 그러면, 그 조세화라는 친구랑은 어떻게 아는 사이냐?"

"골프 친구거든요."

그때 커피가 나왔다.

나는 커피 쟁반을 들었고, 정진건은 먼저 빈 테이블로 발걸음을 옮겼다.

우리는 자리에 앉아 각자의 몫을 챙겼다.

정진건은 다소 후회하는 기색으로 아이스 아메리카노를 한 모금 마시더니 다시 입을 뗐다.

"골프 친구?"

입맛에 맞지도 않는 걸 굳이 시키다니 싶었지만 나는 일단 그 질문에 대답했다.

"네. 세화뿐만 아니라 걔 오빠인 세광이 형도 함께요."

나는 일부러 조세광과 관련한 정보를 풀었다.

그러잖아도 조광이 수작을 부렸는지, 어째 조세광이 좀처럼 수사 대상에 오르지 않아서 나 역시 답답하던 차였으니까.

이번에도 정진건은 덥석 미끼를 물었다.

"……그렇다면, 조세광?"

"네. 조설훈 사장님의 맏이에요. 저보단 조금 윗벌이지만, 어쩌다 보니 함께 골프를 치는 사이가 됐죠."

이래저래 경계를 풀어 둔 덕인지 정진건은 눈을 가늘게 뜨며 고개를 끄덕였다.

"많이 친하냐?"

"이래저래 개인 연락처도 있고, 이따금 필드를 함께 돌기도 해요."

나는 종이컵에 담긴 밀크티를 한 모금 홀짝였다.

　어려서 좋은 점 중의 하나는 유당불내증을 염려할 필요가 없다는 것이었다.

　'물론 이성진의 몸뚱이는 그런 걸 신경 쓰지 않을 만큼 건강하긴 했지만.'

　정진건은 내가 차를 마시길 기다렸다가 슬쩍 물었다.

　"……그런데 오늘은 오지 않은 거냐?"

　"네. 으음, 요즘은 왠지 연락이 잘 안 되거든요. 사실 세광이 형은 좀처럼 병문안을 잘 안 오기도 하고요."

　"……."

　정진건은 잠시 뜸을 들였다가 다시 입을 뗐다.

　"그 세광이란 친구와 달리 네 친구는 병문안을 자주 오는 모양이구나."

　"네. 조성광 회장님은 세화를 유독 예뻐하셨다고 들었거든요. 게다가 요즘은 세화가 경영하는 경비업체에서 병실을 지키고 있어요. 그러다 보니 더욱 자주 발길을 하는 느낌도 들고요. 세화는 여간하면 거의 매일 찾아오곤 해요. 세광이 형은 그러지 않은 것 같지만요."

　"흐음."

　나는 목소리를 살짝 낮췄다.

　"실은, 세화한테 들으니까, 세광이 형은 아버지에게 크게 혼쭐이 나서 자숙하는 의미로 얌전히 지내는 거래요. 조설훈

사장님은 엄하신 분 같죠?"

"……."

정진건은 잠시 생각에 잠겼다가 다시 입을 뗐다.

"혼이 났다?"

"저도 잘은 몰라요."

나는 고개를 저었다.

"그래도 언젠가 한번 크게 혼이 나긴 할 거라고 생각했어요. 사실 세광이 형은 조금…… 불량기가 다분한 형이거든요."

"……."

일부러 아메리카노를 한 모금 마시며 생각을 정리한 시간을 번 정진건이 다시 입을 뗐다.

"크게 혼이 났다고 했는데…… 그게 언제쯤이냐?"

저런, 퍽 노골적인 질문이시군요.

이러면 지금 조세광의 행적에 흥미가 있다는 걸 드러내는 것이 아니신지?

하지만 나는 그 부분을 지적하는 대신 고개를 갸우뚱하며 대답했다.

"음, 조금 오래되었어요. 구체적인 건 모르겠지만 아마…… 아."

거기서 나는 뭔가 생각났다는 듯 일부러 입을 꾹 다물었다가 딱딱하게 굳은 표정을 지어 보였다.

"죄송해요."

"……음?"

나는 송구스러운 기색으로 말을 이었다.

"그 부분은 저도 약속한 바가 있어서 대답해 드릴 수가 없어요."

"……약속이라."

"죄송합니다, 아저씨."

나는 고개를 숙였다.

동시에.

"이번 일만큼은 저도 입을 다물어야 할 거 같아서요. 부디 이해해 주셨으면 좋겠습니다."

"……."

일부러 선을 그으며 정진건으로 하여금 생각할 여지를 던져 주었다.

그에게는 지금 병원에 설치된 적 있는 도청기의 존재, 그리고 조설훈과 조지훈이 번갈아 가며 병원을 지키던 용역의 변경 및 그 시기라는 단서가 있었다.

'자, 여기까지 떠먹여 주었으니, 나머지는 알아서 찾아 주었으면 좋겠는데.'

더군다나 그들에겐 이미 맨땅에서 여기까지 온 전력이 있으니, 못 해내진 않을 것이다.

슬쩍 정진건을 살펴보니, 과연 그는 딱딱하게 굳은 얼굴로 생각에 잠겨 있었다.

'이제 슬슬 감이 오지 않으신가?'

정진건은 내가 한 말을 곱씹으며 커피를 한 모금 마셨다.

그의 감정을 억누른 얼굴에는 내가 의도적으로 뱉은 '비밀'이라는 요소를 향한 언짢음과 호기심, 내가 말한 비밀이 그로 하여금 사건의 핵심에 다다르게 하는 열쇠는 아닌지 의혹과 확신이 뒤섞인 표정이 드러나 있었다.

'그러면 정진건은 여기서 어떻게 나올까.'

만일 정진건이 굳이 무언가를 얻어 내려고 별도의 수단을 강구한다면, 나도 못 이기는 척 실토할 준비도 되어 있긴 했다.

하지만 정진건은 나를 윽박질러 정보를 캐내는 대신, 일부러 지은 티가 역력한 부드러운 미소로 나를 대했다.

"그렇다면야 어쩔 수 없고."

"……."

"신경 쓸 거 없다. 네게도 나름대로 입장이 있을 테니까."

기대한 대로 그는 얼추, 감을 잡은 듯했다.

이렇게까지 하고도 그가 눈치를 못 챘다고 하면, 정진건의 지인 중 머리 회전이 빨라 보이던 국과수의 양상춘이란 인물에게 다이렉트로 정보를 흘릴 생각까지 하고 있던 내겐 수고를 더는 일이었다.

'지난번에 흘려들은 전화번호는 똑똑히 기억하고 있으니까.'

나는 송구스럽단 얼굴로 고개를 끄덕였다.

"감사드립니다. 혹시 불쾌하셨다면…….''

"아니야. 네가 지금껏 도와준 것만으로도 차고 넘칠 지경인데, 나도 염치가 있지."

정진건은 담담한 얼굴로 내게 공치사를 한 뒤 표정을 고쳐 말을 이었다.

"슬슬 커피에 담긴 얼음이 녹을 거 같은데, 친구에게 얼른 가 봐야 하지 않겠니?"

그러고 보니, 테이크아웃 컵에 담긴 조세화 몫의 아이스 아메리카노가 묽어지고 있었다.

'……아무래도 조세화한테 가면 한 소리 듣겠군.'

정진건이 말을 이었다.

"친구가 기다리고 있겠구나. 너무 오래 기다리게 하는 것도 예의가 아니니, 이만 일어나자."

"……네, 아저씨."

나는 고개를 꾸벅 숙이며 자리에서 일어서서 탁자를 정리했다.

"아, 저기, 아저씨."

"음?"

"혹시 달리 제가 도와드릴 만한 다른 일은 없나요?"

내 말에 정진건은 나를 물끄러미 쳐다보더니 잠깐 망설였다가 고개를 저었다.

"아니다. 이 정도만으로도 충분해."

분명, 뭔가 있긴 한데.

'아니지. 지금으로선 다음에 제대로 된 영장을 발부받은 뒤 찾아오는 것이 낫다고 여기는 걸지도 몰라.'

그는 이미 내가 감추는 비밀이 '도청기'와 무관하지 않으리 란 추리를 해내고 있을 것이리라.

'다만, 그러면 정진건 일당이 병원을 찾아온 것은 도청기 건 혹시 그 외에 다른 용무도 있었다는 건가?'

그렇다는 건, 병원을 찾아온 정진건의 목적은 내가 짐작하던 것 외에 다른 요소가 있는 걸지도 모른다.

'……달리 알아낸 건 없는지, 나중에 김기환을 통해 알아 봐야겠군.'

나는 속내를 내색하지 않으며 고개를 끄덕였다.

"아, 네. 그러면 혹시 제 도움이 필요한 일이 있다면 기탄 없이 말씀해 주세요. 제가 할 수 있는 일이 있다면 도움을 드 리겠습니다."

"그래. 고맙다."

과연, 정진건과 작별하고 돌아갔더니 조세화는 '왜 이렇게 늦었냐'며 내게 조금 화를 냈다.

"너, 혹시 변비니?"

"……."

거기에 얼토당토않은 오해도 겸해서.

조세화와 함께 집중치료실 근처 대기실에서 잠시 기다리고 있었더니, 문이 열리며 의사 일동이 나왔다.

개중엔 내과장인 신용주도 있었는데, 그는 내 존재를 눈치채곤 슬쩍 눈인사를 해 보였다.

조성광 쪽은 내과장인 그가 직접 집도를 한 것으로 보아, 상태가 많이 안 좋은 모양이었다.

'시기상으로도 조성광이 죽을 때가 가까워졌지.'

그들 중 간호사가 다가와 이제부턴 면회가 가능하단 이야기를 전했다.

"그러면 지금 면회가 가능할까요?"

"네, 대신 관계자만 출입 가능합니다."

그것도 마스크며 모자, 가운을 걸치는 등 방역을 철저히 지켜야 출입이 가능하단 듯했다.

"나 혼자 다녀올게."

"응."

뭐, 어차피 내가 거기로 간들 할 수 있는 게 있을 리도 만무하고.

조세화는 간호사를 따라 대기실을 나섰고, 나는 홀로 남아 등받이 없는 의자에서 몸을 일으켰다.

그리고 신용주는 주위에 눈짓을 해서 주변을 물린 뒤, 내게 다가와 말을 건넸다.

"요즘 자주 보는구나."

"네, 선생님."

그간 병원을 빈번하게 드나들면서 내게는 현재 내과장이자 차기 원장으로까지 지위가 내정되어 있는 신용주와 적잖은 접점이 이루어져 있었다.

더욱이 신용주는 예전에 CPR로 이태석의 목숨을 구한 적 있던 한성진을 퍽 마음에 들어 했고, 한성진은 이태석이 입원해 있는 동안 나와 함께 병문안을 다니면서 신용주와 좋은 관계를 유지해 왔던 것이 관계 증진에 약간의 밑거름이 되어 주었다.

'의도한 바는 아니지만 그 덕을 조금 보기도 했지.'

특히 조광 측의 '병실 경비'는 병원의 협조가 없이는 이루어지기 힘든 일이었고, 그 과정에 한차례 신세를 지기도 했으니.

'뭐, 한편으로 조성광은 병원의 재정에도 일익을 담당하는 VIP니까 말이야.'

그러니 어느 정도 '편의'를 봐주는 건 병원 입장에서도 해될 것이 없었고, 거기에 실력과 인망을 두루 갖춘 신용주가 VIP 환자인 조성광의 담당의로 내정되어 있는 건 결코 우연이 아니었다.

그는 굳이 조성광이 VIP여서가 아니라, 치료를 퍽 잘해 주었다.

조성광이 지금까지 산소호흡기를 달고 목숨을 부지하고 있었던 건 신용주의 노력 덕분이기도 했다.

신용주는 조세화가 들어간 집중치료실을 힐끗 살피며 말을 이었다.

"저 애가 조성광 회장님의 친손주였지? 그러니까 이름이…….."

"네, 조세화라고 해요."

유전적으로는 친자겠지만.

"……흐음."

신용주가 덤덤한 얼굴로 입을 뗐다.

"오늘은 네 친구에게 좋지 않은 소식을 전해야 할 거 같구나."

"……많이 위독하신가요?"

신용주가 고개를 끄덕였고, 나는 일부러 미소를 지어 보였다.

"그래도 병원 측에서는 최선을 다했잖아요?"

"그건 틀림없지."

신용주가 쓴웃음을 지었다.

"그래도 어느 정도 마음의 준비는 필요할 거다. 아무리 대비를 해 두었다곤 해도, 막상 그 마음의 준비가 필요한 때가 닥쳐오면 아무리 냉정한 사람이라 하더라도 동요가 찾아오기 마련이니까."

"괜찮을 거예요. 마음이 강한 애거든요."

"그렇다면야 다행이고."

신용주는 의사 가운에 손을 찔러 넣은 채, 다소 어색한 자리를 타파하듯 슬쩍 이태석의 안부를 물었다.

"아버지는 잘 계시니?"

"네. 요즘 부쩍 바쁘시긴 하지만요."

"뭐, 네 아버지는 어릴 때부터 항상 무슨 일로든 바쁘곤 했지."

그는 애써 농담조의 말을 꺼냈다.

이태석도 내가 최근 조세화를 따라 자주 조성광의 병문안을 다니고 있다는 정도는 꿰고 있었다.

그 외에도 이태석은 그와 개인적인 친분이 있는 신용주를 통해 조광 일가의 근황이며 내 상태를 들어 왔을 것이다.

'그런 이태석이 이번 일에 관해 별다른 말이 없는 걸 보면 크게 신경을 쓰지 않는 모양이긴 한데.'

나는 약간의 찜찜한 기분을 떨쳤다.

'그나저나 요즘은 이휘철이랑 이태석이 조용하단 말이지.'

무소식이 희소식이라고, 이태석은 최근 클램의 성공으로 인한 디자인 특허 소송 및 그 후속 모델 개발로 인해 눈코 뜰 새 없이 바쁘긴 했다.

전생에도 이성진이 누구와 어울려 다니는지는 방관하던

이태석이니, 아들과 어울려 다니는 여자애가 누구인지에 관해선 별다른 터치가 있을 리 없었고, 오직 사모만이 조세화의 존재에 주의를 기울이고 있을 뿐이었다.

'함께 밥 한 끼 해야 하는 거 아니냐는 오지랖을 떨치느라 고생 좀 했지.'

그런 의미에서 사모는 예나 지금이나 그대로였다.

뭐, 나쁜 사람이 아니라서 더 곤란하지만.

신용주와 두런두런 주변 이야기를 주고받고 있으려니, 집중치료실에서 나온 조세화가 신용주에게 슬쩍 고개를 숙여 인사를 했다.

조세화의 표정은 울음을 삼키는 듯 보였고, 그런 조세화를 앞에 둔 신용주는 애써 담담한 표정으로 그녀를 기다렸다.

의사가 하는 일 중 정신적 피로감이 가장 큰 일이라고 하면, 환자며 주변인에게 나쁜 소식을 전하는 일이라고 어디서 들은 듯한 기억이 났다.

조세화 역시도 신용주의 표정을 보면서 마음을 다잡은 듯했다.

그녀는 지금 조성광의 용태뿐만 아니라, 조지훈의 배신까지도 감내해야 하는 것이다.

나는 일부러 자리를 멀찍이 피해 조세화가 신용주의 이야기를 듣는 걸 가만히 지켜보았다.

조세화는 잘 참아 냈다.

"어허."

조설훈의 뒤를 쫓고 있는 방승혁 곁에서 박순길이 헛웃음을 터뜨렸다.

"무슨 일이십니까?"

"아뇨. 쪼까…… 낯이 익은 장소라 그렇소."

박순길은 눈을 가늘게 뜨며 주위를 둘러보더니, 조설훈이 탄 차가 건물 뒤편으로 돌아가는 것을 확인하곤 고갯짓을 했다.

"방 계장님, 쩌어기로 가면 이 도로 쪽을 크게 한 바퀴 돌 겁니다. 멈춰 서지 말고 슥 돌아 주쇼잉."

박순길의 요청이 뜻하는 바는 언뜻 이해하기 힘들었지만, 방승혁은 그가 나름대로 생각하는 바가 있다고 여겼는지 시키는 대로 했다.

차가 크게 커브를 돌았다.

박순길은 일회용 카메라로 주변 장소며 차에서 내리는 조설훈, 조지훈을 연거푸 찍더니 의자에 등을 푹 기댔다.

"과연. 내 왠지 여짝이 심상치 않더라니."

"……아는 곳입니까?"

박순길이 고개를 끄덕였다.

"예에. 그, 저번에 박상대가 죽었을 때, 기억하요?"

박순길은 그렇게 말하며 품에서 담뱃갑을 꺼냈다가, 이 차가 금연 중인 정진건의 차량이라는 것을 깨닫곤 입맛을 쩝쩝 다시며 담뱃갑을 도로 안주머니에 넣었다.

　"그때 자는 정 형사랑 강 형사 둘이서 현장을 돌아보았다 아닙니까."

　"……아, 예. 기억납니다."

　그날, 박순길은 현장에서 김태평을 검거한 직후 몸을 추스를 새도 없이 정진건과 강하윤 등과 함께 주변 현장을 살폈다.

　개인적으로는 왠지 술 한 잔 생각이 간절해서 해치운 일이라 생각했지만, 박순길에겐 김태평을 현장에서 검거한 공이 있으니 그냥저냥 넘어갔던 일이었다.

　그때 경찰 측은 박순길의 제안을 따라 어떤 바의 조사를 했고, 그 자체는 별다른 소득 없이 수사가 흐지부지되었던 기억이 났다.

　박순길이 입을 뗐다.

　"거기가 여기요."

　"……여기라 하심은?"

　"예의 그 술집 말이요. 영어로 뭐라더라, 아무튼 간에 강 형사 말로는 실낙원 어쩌고 하는 바요."

　"……."

　그 말에 방승혁은 진지한 얼굴로 고개를 끄덕였다.

"그렇다면 지금 조설훈과 조지훈의 목적지는……."

"아마 방 계장님이 생각하시는 곳이 맞을 거요. 이 동네엔 그거 말고 볼 게 없응께."

"……."

방승혁이 모는 차는 낮은 빌딩을 끼고 동네를 크게 한 바퀴 돌았다.

조설훈의 차가 주차된 공터에는 조설훈의 운전기사가 차에 기대어 서서 담배를 태우고 있었다.

운전기사의 눈썰미는 병원에서부터 따라온 그들의 존재를 눈치채지도 못한 양, 담배를 뻑뻑 피워 가며 손에 든 게임보이를 가지고 노느라 게임 삼매경에 빠져 있었다.

"아따, 다 큰 어른이 무슨 게임을 하고 자빠졌다요."

박순길은 피식 웃은 뒤 방승혁을 보았다.

"아무튼 내 생각이 맞은 거 같소. 역시 그 바가 수상했당께."

"……단순한 우연의 일치는 아닌 것 같군요."

"암요."

박순길은 창밖으로 빌딩을 올려다보며 말을 이었다.

"그래도 우리가 지금 저 술집을 찾아갔다간 괜히 경계를 살 것잉게, 이만하면 수확이 있는 거 같고, 저짝이 조광이랑 아주 무관하지 않더라는 거 정도만 알고 정 형사에게 돌아가 십시다."

박순길은 사진기로 조설훈의 차와 운전기사를 찍은 뒤, 필름을 끼릭끼릭 돌리며 말을 이었다.

"정 형사도 나름의 수확이 있었을 거 같고 말이요잉."

"……그러시죠."

두 사람이 탄 차는 지체 없이 다시 병원으로 향했다.

5장

하지(夏至)도 애초에 지나갔지만, 여름을 앞두고 여전히 해가 길었다. 아니, 오히려 갈수록 낮때가 길어지는 것 같단 착각마저 들었다.

"일찍 오셨군요."

바 Paradise Lost에 들어선 조설훈과 조지훈을 마스터는 해도 지지 않은 시간에 방문한 두 사람을 담담한 말씨로 반겨 주었다.

오히려 듣는 귀가 없는 지금 시간이 더 요긴하리라.

조설훈은 짧게 고개를 끄덕이며 스톨에 앉았고, 조지훈은 그 곁에 앉으며 주문을 넣었다.

"저번에 먹다가 남긴 거, 그거로다가 한 잔씩 주시오."

"예."

조지훈은 조설훈을 보며 씩 웃었다.

"그 왜, 보틀 킵해 둔 게 있어서 말이우. 이래저래 마음고생 심하게 한 날이니까 좋은 술 마시고 싹 잊어버립시다."

"⋯⋯그래."

최근 이상하리만치 일이 이상적으로 잘 풀려 가는 중이었다.

특히 박상대가 웬 택시 기사에게 강도 살해를 당한 건 두 번은 없을 호재였다.

'영구 실종과 사망은 확연히 다른 것이니까.'

하지만 조설훈이라는 인물은 일이 막히면 막히는 대로, 풀리면 풀리는 대로 신경을 곤두세우곤 하는 과민한 사람이었다.

그야 일이 잘 풀리는 편이 일이 막히는 것보다는 낫지만, 그렇다고 해서 방심은 금물이었다.

'게다가⋯⋯.'

조설훈은 조지훈을 힐끗 살폈다.

'⋯⋯지훈이 놈을 쳐다보던 세화의 눈이 어딘가 심상치 않았어.'

요즘은 외부에서 보기로 형제간의 우애가 회복된 듯 보이기도 하는 사이라지만, 몇십 년간 조지훈을 지켜봐 온 조설훈은 동생을 온전히 신뢰하지는 않았다.

지금은 그도 그저, 세찬 바람이 지나가길 기다리며 잠시 고개를 숙이고 있을 뿐이다.

사실 현재로서도 조광 그룹이 마냥 무탈한 순풍을 맞고 있는 것은 아니었다.

지금 조광은 죽은 박상대와의 유착을 의심받고 있었고, 얼마 전에는 조광과 닿아 있는 여러 사업체가 검찰의 압수수색이며 관계자 소환을 당했다.

하나, 그나마 이를 두고 '잘 풀리는 중'이라고 포장할 수 있는 건, 검경의 수사가 갈 곳을 잃고 우왕좌왕하는 사이에 저들끼리의 알력 다툼으로 조직이 공중분해될지도 모른다는 낙관적인 전망이 있기 때문이었다.

검찰과 경찰의 분열, 여당과 야당의 분열 등, 당파 싸움으로 수백 년의 역사를 쌓아 올린 이 민족의 습성이었다.

박상대는 여당 측 인물과 적잖은 연결 고리가 있었고, 털어서 먼지 나오지 않는 사람 없다고, 이는 여당 입장에서 다분히 불쾌한 일일 뿐만 아니라 그 나물에 그 밥이라는 말처럼 적지 않은 야당 인사들까지 공여, 청탁 등의 혐의를 덮어쓸까 봐 노심초사하고 있었다.

정치권에서는 알음알음 합의를 보자는 분위기였고, 여당과 선이 닿은 현직 검찰총장은 경찰 조직의 주도로 창설한 광수대의 존재를 껄끄러워하던 참에 마침 잘됐단 식으로 공중분해를 은근히 반기는 눈치였다.

하지만 그마저도 어디까지나 전망에 불과했다.

조광에서도 구봉팔이라는 허수아비를 앞세워 혐의에서 벗어나길 기다리고 있지만, 꼬리 자르기도 한계가 있다.

다행히 구봉팔은 조설훈의 명령을 잘 이행하면서 침묵을 지키고 있지만…….

'가족도 믿을 수 없는 마당에 하물며 생판 타인은 오죽할까.'

이윽고 마스터가 두 사람 앞에 술을 따랐고, 조지훈이 잔을 가볍게 치켜들었다.

"건배……를 할 상황은 아니니, 알아서 드십시다."

"음."

둘은 술을 한 모금씩 비웠다.

"쩝."

조지훈이 입맛을 다시며 입을 뗐다.

"오늘은 아버지 얼굴도 못 뵙고 와 버렸구먼. 형님 보시기엔 어떤 거 같소?"

"……마음의 준비를 해 둬야겠지."

"내 생각도 그렇소."

조지훈이 쓴웃음을 지었다.

"생각해 보면 아버지도 호상이지. 그만하면 오래 사셨고, 하고 싶은 건 다 하고 지내지 않았소?"

"……."

조설훈은 대답 없이 잔을 홀짝였다.

조지훈은 그런 조설훈을 앞에 두고 혼자 떠든 것이 민망했던 모양인지, 마스터에게 말을 붙였다.

"곽 실장, 오늘 아버지가 중환자실로 자리를 옮겼네."

마스터는 표정의 변화 없이 그 말을 받았다.

"애석한 일입니다."

"하루 정도는 쉴 수 있지?"

장례식을 의식한 그 발언에 마스터는 조설훈의 눈치를 살폈지만, 조설훈은 미동도 하지 않았다.

"……예. 저도 회장님께 받은 은혜가 있으니까요."

마스터의 대답이 조지훈은 썩 만족스럽다는 듯 씩 웃었다.

"그렇지. 이 가게도 아버지가 차려 준 거니까, 도리는 다 해야 하지 않겠나?"

"물론입니다."

말은 그렇게 했지만, 조설훈은 담담한 얼굴의 마스터를 보며 그도 어지간하구나 싶었다.

'지훈이 놈, 이런 식으로 사람을 떠보는군.'

바 Paradise Lost의 마스터는 조광이 한창때 흡수하던 타 조직의 간부 격인 인물로, 조성광이 이 술집을 차려 준 건 그를 숙청하지 않기로 내건 조건 중 하나였다.

그런 의미에서 조지훈이 구태여 이곳을 찾은 건, 기강을 다잡고자 하는 것도 있으리라.

조광이 강제적으로 흡수한 곳은 비단 바 Paradise Lost만 있는 것이 아니었다.

아마, 조지훈은 이런 식으로 한 번씩 자신의 존재감을 과시하며 혹시 모를 주변을 억눌러 오곤 했던 것이리라.

'좋은 시절이었지.'

요즘은 법이다 뭐다 하면서 움츠러들고 있었지만, 그때는 세상이 단순했다.

돈을 벌고자 하면 돈을 벌 수 있었으며, 피와 땀을 흘린 노력만큼 가치가 보장되었다고, 조설훈은 그렇게 생각하며 잔을 비웠다.

"한 잔 더 드릴까요?"

"그래."

조설훈은 마스터가 따르는 술을 물끄러미 쳐다보다가 툭 하고 입을 뗐다.

"지훈이 너는 앞으로 어떻게 할 거냐?"

"응? 무슨 말씀이오?"

"뭐긴……. 아버지가 돌아가시고 나서 말이다."

"나는 또……."

조지훈은 싱겁다는 듯 픽 웃었다.

"그야 상황은 저번보다 조금 복잡해졌지만, 변하는 건 없을 거요. 형님은 형님의 길을 가고, 나는 내 길을 가야지."

조지훈의 말은 조성광의 사후 유산 분배가 두 형제에게 공평하게 돌아갈 것임을 전제로 삼은 것이었다.

"문제는 구봉팔이 쪽 아니오?"

조지훈이 무표정한 얼굴로 말을 이었다.

"필요에 의해 잠깐 바지사장마냥 앉혀 놓고 말았지만, 그 바람에 조광 내에서 그놈의 입장이 커지고 말았잖소."

"······그랬지."

조지훈은 술잔을 비운 뒤, 마스터가 빈 잔을 채우길 기다리며 말을 이었다.

"구봉팔이야 감빵에 간다고 친다지만, 다녀와서가 문제요. 저래 봬도 형님이나 내 말은 코방귀나 뀌는 놈들이 조광에 즐비하니, 마침 잘됐다면서 구봉팔 편에 붙을 놈들이 즐비하지 않소?"

"······."

조광은 조성광의 카리스마에 의해 유지되었다고 해도 과언이 아닌 만큼, 그 혈계에 종속되는 '가족 기업'이었다.

하지만 그런 조광도 한창때, 타 조직을 흡수하는 것으로 세를 불리고 사업을 확장하는 과정을 거쳤다.

'마침 여기 있는 바도 그 과정의 산물 중 하나이고.'

그 당시에는 조성광의 기세에 눌려 잠잠했지만, 조성광이 병원 신세를 지고부턴 이야기가 달라졌다.

조성광이 입원해 있던 VIP 병실을 조설훈과 조지훈이 돌아가며 경비를 세운 것도 조광이라는 조직이 썩 건전치 않았단 방증이기도 했다.

그나마 호부 밑에 견자 없다고, 조설훈이며 조지훈의 역량이 조성광에 비해 아주 못난 것은 아니어서 지금은 잠잠한 상황이지만, 본디 승계 과정에는 여기저기서 잡음이 들려오기 마련이었다.

승냥이들은 몽둥이를 쥐고 있으면 꼬리를 마는 놈들이지만, 잠시 틈을 보이면 언제 목덜미를 물어뜯을지 모른다.

조광의 이사진들은 지금이야말로 틈이 드러나는 적기로 여기며 조설훈과 조지훈에게 반기를 들 생각이리라.

그러니 이런 상황일수록 가족끼리 뭉쳐야 했다.

이는 남들보다 가족을 더 믿어서가 아니라, 그러지 않으면 죽도 밥도 되지 않는 상황이기 때문이었다.

조지훈은 술을 한 모금 마신 뒤, 말을 이었다.

"저번에도 이야기가 나온 거지만…… 슬슬 세화한테 힘을 실어 줄 때라는 게 내 생각이외다."

조세화의 이름이 언급되자 조설훈은 눈을 가늘게 떴다.

"즉, 현재 구봉팔의 세력을 더 공고하게 하자는 거냐."

"그렇수다."

조지훈이 씩 웃었다.

"형님이나 내 밑에 애들은 그나마 믿을 만하지만, 이도저도 아닌 놈들은 지금 구봉팔의 눈치를 살살 보고 있지 않소?"

"……."

역시, 조지훈도 생긴 것과 달리 현재 조광 돌아가는 사정이 어떠한지를 꿰고 있었다.

조지훈이 말을 이었다.

"이렇게 된 거, 아예 먹음직스런 꿀을 발라서 세화 아래로다 모아 두는 거요. 놈들은 우리 밑에 들어가느니 세화를 중심으로 뭉치면 앞으로가 수월하다 여길 것이 분명하니까."

"……그리고?"

"뭐, 그다음은…… 하나씩 우리 밑으로 빼돌리는 거지요. 형님 하나, 나 하나, 뭐 이런 식으로다가."

형님 하나, 나 하나, 라는 말을 뱉은 직후 조지훈은 얼른 말을 이었다.

"그렇게 되면 놈들은 갈팡질팡할 거고, 어느 편에 붙어야 할지 몰라 내부에서 분열이 일어나지 않겠소? 그렇게 되면 우리가 다시 집어삼키기도 쉬워지고 말이요."

"……."

조설훈은 고개를 끄덕였다.

"그래, 나 역시 그렇게 생각하고 있었다."

"크크, 이거 참. 요즘 들어 형님이랑 뜻이 잘 맞는구려."

조지훈은 웃으며 술을 들이켰고, 조설훈은 그를 따라 술을 한 모금 마시면서 예리한 눈으로 조지훈을 관찰했다.

'형님 하나, 나 하나……라. 그런 식으로 꿍꿍이를 품고 있었군그래.'

조지훈은 두 형제 사이에 일종의 '공유지'를 만들어 하나둘 흡수하려는 생각인 것이다.

'지훈이 네놈이 요즘 순순하다 생각하긴 했어. 어디 네 뜻 대로 되게 할까 보냐.'

그렇게, 두 형제는 각각 다른 마음을 품은 채 술잔을 비워 갔다.

병원에서 정진건과 합류한 두 사람은 일단 본부로 돌아가 기로 했다.

"성과는 있었소?"

박순길은 헤실헤실 웃으며 말을 건넸고, 정진건은 담담한 얼굴로 대꾸했다.

"자세한 건 차에서 말씀드리죠."

"그리합시다. 우리도 소정의 성과가 있었지 않겠소."

너스레를 떠는 박순길을 보며 정진건은 그쪽도 나름대로 무언가 알아낸 게 있는 모양이라 생각했다.

'정체되었던 수사가 풀리려는 건가.'

운전석에 올라탄 정진건은 광수대 본부로 차를 몰고 가며 입을 뗐다.

"그러면 박 형사님의 이야기부터 듣죠. 조설훈 쪽은 어땠습니까?"

사실 둘에게 조설훈의 추격을 제안했던 건 별다른 기대 없이 이들을 떨어뜨려 놓을 구실로 삼은 것이었지만, 성과가 있었다니 정진건 개인적으로도 무슨 일인지 궁금하기도 했다.

박순길은 씩 웃으며 대답했다.

"정 형사가 들으면 퍽 재밌을 겁니다. 조설훈이랑 조지훈이 어디로 간 줄 아쇼잉?"

"……."

"저번에 강 형사하고 정 형사하고 셋이서 갔던 술집 있잖소?"

정진건은 힐끗 고개를 돌려 조수석의 박순길을 보았다.

"그…… 실낙원이라는 바, 말씀입니까?"

"그라요. 보소, 나가 그짝에 뭔가 냄새가 난다 안 하였소."

박순길은 킬킬 웃으며 대답하더니 표정을 딱딱하게 굳히며 말을 이었다.

"아따, 우연치고는 참으로 공교롭다 안 허요. 서울 시내에 널리고 널린 것이 술집인디, 하필이면 우째 그짝으로 갔을까잉."

"……."

잠시 생각하던 정진건이 박순길의 말을 받았다.

"어쩌면 박상대는 그 바에서 조광 측 인물과 접선할 예정이었을지도 모르겠군요."

"암요. 쪼까 그림이 그려지는 거 같지 않소? 그전에도 그라지 않을까, 싶었던 것이긴 하지만……."

박순길이 어깨를 으쓱였다.

"그랑께, 박상대는 어데 거서 조광 아를 만나 배를 탈라 했는가, 아니믄 사시미질을 당할 예정이었든가, 그건 모르겠는데, 암튼 이만하면 '정황 증거'로는 차고 넘칠 거 같단 게 내 생각이오."

과연, 그날 밤 박상대의 행적을 돌이켜보면 박순길의 추리도 그럴듯했다.

뒷좌석의 방승혁이 끼어들었다.

"……그리고 바에서 기다리던 조광 측 인물은 경찰의 연락을 받고 자리를 피했다, 이 말씀이시죠?"

박순길이 고개를 끄덕였다.

"아무래도 그럴 거 같소. 어쨌건 조광 입장에서는 박상대가 국외로 떠나든, 인천 앞바다에 잠기든, 어떤 식으로든 입을 다물어 주었으면 하고 바라는 게 있었단 건데……."

박순길은 잠시 생각하다가 고개를 훼훼 저었다.

"결과적으론 박상대가 영원히 입을 다물게 되었으니, 조광 입장에선 바라던 바가 되고 말았수다. 생각해 보면 거시기, 경찰 입장에선 딱히 바뀐 것도 없구……. 아, 검찰도 마찬가지요잉."

방승혁은 구태여 검찰까지 편들어 주는 박순길의 말에 픽 웃었다가 얼른 웃음기를 거뒀다.

"그런데 정 형사님도 성과가 있으신 듯합니다만, 혹시 자료를 받아 내셨습니까?"

방승혁의 말에 정진건은 고개를 저었다.

"아뇨."

한 번은 원무과에 막무가내로 들이밀어 볼까 생각도 했지만, 삼광병원쯤 되는 곳이 그렇게 허술할 리 없단 생각에 관뒀다.

'만약 그랬다간 이성진이 어떻게 나올지도 모르고.'

백번 양보해서 이성진의 인맥이면 어떻게든 얻어 내지 못할 것도 없다고 보았지만, 그럴 필요까진 없다고 생각했다.

정진건이 말을 이었다.

"하지만 다른 걸 알아냈습니다."

'다른 것'이라.

박순길과 방승혁은 차에서 대화를 나누었듯, 정진건이 그둘에게는 비밀로 병원에서 지인을 만난 것임을 직감하고 있었다.

그야, 만약 원무과에 가서 땡깡을 부리려거든 병원 방문을 먼저 제안한 박순길이 남아 있는 게 좀 더 그럴듯하지 않겠는가.

더군다나 박순길과 방승혁이 타고 간 차는 정진건의 소유였다.

그렇다고 해서 정진건이 방승혁과 단둘이 있는 걸 불편하게 여겨서 그랬을 거 같진 않고.

또, 한편으론 정진건이 만났단 지인이 차에서 나눈 대화처럼 단순히 '딸의 친구' 같은 어딘지 어색한 사이라면, 그것도 그것대로 이상한 일이지만.

게다가 지금 차량 컵 홀더에는 정진건이 질색팔색을 하던 '아이스 아메리카노'가 꽂혀 있었다.

이제 와서 아이스 아메리카노가 입에 맞은 거 같지는 않으니, 정황상 정진건이 병원에서 '지인'을 만났다는 것 자체는 기정사실로 보였다.

박순길과 방승혁은 그들이 눈치챈 사실을 내색하지 않으며 정진건의 말을 기다렸다.

"우선, 오늘 조성광 회장의 두 아들과 손녀가 병원을 찾은 건 조성광의 용태가 악화되었기 때문이었습니다."

과연.

그들도 짐작은 했지만 정진건의 입에서 나온 확답은 둘의 고개를 끄덕이게 했다.

"그리고 그 자리에도 조세광은 오질 않았고요."

정진건의 뒤이은 말에 박순길이 눈을 가늘게 떴다.

"조세광이라 하든…… 예의 장손 말이요?"

"예."

정진건이 대답했다.

"들으니 조세광은 평소에도 병원에 좀처럼 발길을 하지 않는다고 합니다만, 보통 오늘 같은 날이면 얼굴이라도 한번 비칠 법도 한데 말입니다."

방승혁이 고개를 끄덕였다.

"하긴, 조광 내에서 조세광의 위치를 감안한다면 오늘 같은 날은 얼굴을 비치는 게 좋을 텐데 말입니다."

"암요. 나중을 생각해서라도 어느 정도 명분을 획하기 위해서라면야…… 흐음, 그런 의미에서 보면 혹시, 조설훈은 차기 후계자로 조세화를 점찍어 두고 있는 건감?"

"어쩌면요. 지금 현재 조광 내부에서도 조세화를 지지하는 세력이 적잖다는 이야기가 들려오고 있습니다."

"어지간히도 못난 아들인 모양이구마잉. 보통은 장남에게 힘을 실어 줄 터인데. ……뭐어, 그래도 애들은 좀처럼 병원 같은 곳을 오고 싶어 하지 않으니까 말요."

정진건은 두 사람의 이야기가 끝나길 기다렸다가 말을 이었다.

"어쩌면 조세광은 현재 병원에 오고 싶어도 오지 못하고 있는 걸지도 모릅니다."

"엥. 어디 갇히기라도 했소잉?"

박순길의 말에 정진건은 쓴웃음을 지었다.

"들으니 평소 조세광의 품행은 단정치 못한 모양이더군요."

방승혁이 끼어들었다.

"……제가 알기로도 그렇습니다. 조세광은 몇 차례 경찰서를 들락거렸더군요. 촉법소년에 더해서 피해자에게 막대한 합의금을 주는 것으로 무마해 온 모양이긴 합니다만."

박순길은 체, 하고 혀를 찼다.

"나 참, 유전무죄, 무전유죄구마잉……."

"당초 조세광에게 혐의가 갔을 때도 김수영이며 지동훈을 비롯한 부하 여럿을 거느리며 조폭 두목 행세를 하던 것을 감안하고 수사에 임했을 정도니까요."

그리고 그건, 익히 알다시피 경찰 내부에서 무마되고 말았다.

박순길은 떨떠름해하는 얼굴로 정진건을 보았다.

"하면, 정 형사, 지금 조세광은 뭐 어떻기에 '오고 싶어도 오지 못한다'는 거요?"

"……들으니, 최근 조설훈에게 '크게 혼쭐이 났다'고 하더군요."

"흐음?"

박순길이 눈을 가늘게 떴다.

"뭔 사고를 치든 돈으로 그걸 해결해 오던 놈이, 이 중요한 시국에 근신 처분이라도 받고 있단 말이요?"

"그렇게 되는군요."

"……허어."

박순길은 생각에 잠긴 얼굴로 턱을 긁적였고, 방승혁이 대신해서 물었다.

"그러면 조세광이 근신 처분을 받은 시일은 언제쯤인지 알 수 있겠습니까?"

"그건……."

정진건은 잠시 망설이다가 무언가 결심한 듯 힘겹게 입을 뗐다.

"저도 모릅니다."

"……그래요? 조광 주변에서 돌아가는 일에 상세히 알고 계신 것과는 조금 다르군요."

방금 전부터 무언가 미심쩍다는 기색을 감추지 않고 있다는 방승혁의 말에 정진건은 백미러를 힐끗 살폈다가 대답했다.

"저 역시 어디까지나 아는 사람에게 주워들은 내용이어서요."

"아는 사람이요?"

"예."

정진건이 대답했다.

"거기 있던 남자애 있지 않습니까. 그 애가 제 딸아이의 학급 친구여서."

"……아."

그러잖아도 왠지 모르게, 정진건이 거기 있던 소년(이성진)

을 아는 듯한 눈치여서 설마 하고 생각해 오던 차였다.

"아따, 세상 참 좁구마잉."

박순길이 헛웃음을 터뜨렸다.

"그라믄, 방금 이야기는 전부 다 그 꼬맹이 입에서 나온 말씸이란 거요?"

"그렇습니다."

정진건은 왠지 박순길이 자신을 놀리는 듯하다고 생각하며 덧붙였다.

"하지만 또래에서 볼 수 있는 마냥 평범한 아이는 아닙니다."

"뭐어, 쪼까 잘생기긴 했지마잉……. 아, 설마 사위로 점 찍어 둔 애라든가 그런 거요잉?"

"……."

"아따, 정 형사, 농담이요, 농담."

정진건은 실실 웃는 박순길을 째려보았다가 가벼운 한숨을 내쉬었다.

"이성진이라고, 삼광 그룹의 장손입니다."

"……엥?"

"SJ컴퍼니라는 삼광 그룹의 자회사를 경영하고 있기도 하고요."

"……."

박순길은 순간적으로 정진건이 하는 말이 무슨 뜻인지 알아듣지 못하고 벙 찐 얼굴을 했으나, 방승혁은 무언가 깨달았는지 아, 하고 입을 뗐다.

"혹시, 저희 검사님의 따님과도 친구라던……?"

"……예. 공교롭긴 하지만요."

"으음."

방승혁이 신음을 내며 뒷좌석 등받이에 등을 기댔다.

"저도 이성진이란 소년에 대해선 이런저런 정보를 전달받은 적이 있습니다만, 마침 그 자리에 있던 것이 이성진이라……. 말씀을 들으니 공교롭군요."

박순길이 눈썹을 씰룩였다.

"뭐어, 신분이며 출신부터가 남다른 데다가, 경영? 에이, 아무튼, 그 아가 이런 일에 엮인 것이 공교롭다면 공교롭긴 한데…… 그 정도야 조세화도 하고 있지 않소?"

"예. 뭐. 그렇기도 하군요."

"아따, 요즘 애들 참 대단하요잉. 자가 그 나이 땐 개미나 주워 묵고 콧물이나 찔찔 흘리고 다녔는디. 요것이 세대 차이인가."

박순길이 머리를 긁적였다.

"근디 방 계장님이 구태여 '공교롭다'고 하심은 뭔가 다른 이유가 있어서입니까?"

방승혁은 잠시 입을 다물었다가 재차 말을 이었다.

"비근한 이야기로는 일단, 이성진은 한강 둔치에서 발견한 반지의 주인을 찾는 데 도움을 주었습니다."

"……어뜨케요?"

"이성진의 외가가 뉴월드백화점이거든요."

"……오."

박순길도 뉴월드백화점은 알고 있다.

뉴월드백화점이라 하면 현재, 명실상부 대한민국 최고의 백화점 중 하나로 명성이 높았으니까.

박순길이 눈을 껌뻑이며 소화를 해내기도 전에 방승혁이 말을 이었다.

"그리고 이성진은 박강선을 보호하는 데 비공식적으로 도움을 주기도 했지요. 들으니 SJ컴퍼니는…… 방금 전 정 형 사님이 말씀하셨듯 SJ컴퍼니는 그 소년이 사장으로 있는 회사입니다만, 아무튼 SJ컴퍼니는 새마음아동복지재단의 공식적인 후원을 해 오고 있었고 말입니다."

박순길은 몇 차례 눈을 껌뻑였다.

"흐미, 잠만, 새마음아동복지재단이라하믄…… 구봉팔이가 이사장으로 있는 거기 말이요?"

"그렇습니다. 동시에…… 박길태가 살해당한 건설 부지가 새마음아동복지재단의 명의로 되어 있기도 했죠."

박순길이 혀를 내둘렀다.

"……우연도 겹치면 필연이라 하드만. 아니, 방 계장님, 그래도 뭐, 그 정도야 어떻게 얻어걸린 걸 수도 있지 않겠소?"

"그뿐만은 아닙니다."

"또?"

"SJ컴퍼니는 최근 각광받고 있으며, 저희에게 도청 사본을 건넨 도깨비 신문사의 투자자이기도 하거든요."

"……."

박순길은 아예 아무 말도 하지 못하고 입을 다물어 버렸다.

그런 박순길을 보며 방승혁이 말을 이었다.

"……모르긴 몰라도, 이만하면 그 이성진이란 소년 역시 무언가 알고 있을 공산이 크다고 생각하지 않습니까?"

"참말로요."

박순길은 고개를 주억거렸다.

"그 이성진이라 하는 아가 어쨌다저쨌다 하는 건 둘째 치더라도, 요래조래 엮인 걸 보믄 뭔가 알고 있긴 한 거 같소잉. 아직 뭐가 뭔지도 모르겠지만."

박순길이 정진건을 보았다.

"하면, 조세광이가 근신 중이라는 것도 이성진이라는 아가 가르쳐 준 거요잉?"

"예. 이성진은 조세화 및 조세광 남매와 골프 친구라고 하더군요. 그 우정이 인연이 되어 조성광 회장의 병문안도 다니고 있는 모양입니다."

"……골프? 나도 안 해 본 걸 무슨 대가리에 피도 안 마른…… 아, 뭐어, 대단하신 집안 자제분이시니까 그럴 수도 있겠네잉."

박순길은 현실 감각이 결여되는 것 같다고 생각하면서 세차게 고개를 흔들었다.

"암튼 간에 골프 친구도 친구라 하믄, 거시기, 조세광이가 언제부터 근신 처분을 받은 건지도 알지 않겠소?"

"……아마도 그럴 겁니다."

"근디 왜 조세광이가 근신 처분을 받은 게 언제적인지를 모른다고 하시는 거시요? 정 형사가 거시기를 안 물어보셨을 리는 없을 터인데."

"…….""

정진건은 입을 다물었다가, 대답했다.

"그 애가 했던 말을 그대로 옮기자면, '약속한 바가 있어서 대답해 드릴 수가 없'다고 하더군요."

"……흐으으음."

박순길의 표정이 딱딱하게 굳었고, 방승혁은 잠시 생각하다가 입을 뗐다.

"뭔가 알고 있는 눈치로군요. 그렇다면 조세광이 저지른 '어떤 일'을 함구하도록 압력을 받았다는 건데……."

"에이."

박순길이 끼어들었다.

"암만 상대가 조광이라 해도, 그 이성진이라는 아 역시 삼광 그룹의 장손 아니요? 지나가는 삼척동자한테 물으면 삼광은 알아도 조광은 모를 사람이 수두룩할 터인데, 그런 아한테 허벌 무슨 협박을 할 수 있겠소잉."

"……그도 그렇겠군요."

"암튼, 그라도 분명 뭔가 있긴 있는 거 같소."

박순길이 말을 이었다.

"그라믄…… 그 아가 누구랑 약속을 했는지, 그라고 그 시기가 구체적으로 언제인지가 관건인디……."

박순길은 한참을 생각하다가 신경질적으로 머리를 벅벅 긁어댔다.

"아따, 솔찬히 대단한 집안 자제분이라 까까나 로봇 장난감 같은 걸로 꼬실 수도 없고, 곤란하구마잉."

뭘 생각하나 했더니.

그야, 이성진은 가지고 싶은 게 있다면 무엇이든 가질 수 있을 신분일 테니까.

방승혁이 쓴웃음을 지었다.

"뭐, 설령 회유가 안 된다고 할지라도 정 형사님이 알아내신 정보에 의하면, 모르긴 몰라도 조세광에게 무언가 혐의가 있음은 분명해 보이지 않겠습니까."

"그도 글치요."

박순길이 고개를 끄덕였다.

"우덜은 그짝을 중점으로 조사뿔 필요가 있겠소. 어쩌

면……."

순간, 박순길은 무언가 생각났다는 듯 방승혁을 보았다.

"방 계장님, 혹시 조세화가 조성광 회장 병실 경비를 맡은 일자랑 그 시기 병문안 기록을 알아보실 수 있겠소잉?"

"……예?"

"제 생각인데, 어쩌면 병실에서 도청기를 찾은 것이 조세광이는 아닐까 해서 말이요."

이내 박순길이 말한 저의를 파악한 방승혁은 고개를 끄덕였다.

"즉, 그 시기가 언제인가에 따라선 조세광의 혐의를 확정할 수도 있겠군요. ……어쩌면 박길태를 살해한 '제3자'는 조세광일 수도 있고 말입니다."

"그라요. 내 말이 그거요."

박순길은 눈은 웃지 않은 채, 입꼬리를 비틀었다.

"만일 조세광이가 범인이라 하믄, 이래저래 맞아떨어지는 게 많이 보이지 않소잉?"

정진건과 방승혁은 고개를 끄덕였다.

그러잖아도 조세광을 혐의에 올려야겠다는 이야기가 나오고 있던 와중이었고, 조세광은 마침 그들이 추론하던 여러 정황에 맞아떨어지는 용의자였다.

이것만으로도 오늘 하루, 그간 정체되었던 수사가 물꼬를 트기 시작한 듯했다.

'……다만, 그러자면.'

정진건은 생각했다.

'이 정보는 내통자의 귀에 들어가지 않게 해야겠군.'

지금부터는 누구를 믿고 누구와 함께 일할지를 생각해야
했다.

신용주와 대화를 마치고 돌아온 조세화는 무표정했다.

구태여 전해 듣지 않아도 무슨 이야기를 들었는지, 표정만
으로도 알 수 있을 것 같았다.

아마, 조성광은 이대로 집중치료실에 입원해 있다가 그 파
란만장한 일생에 종지부를 찍게 되리라.

"미안, 기다렸지."

그 입을 뗄 때야 그녀 스스로도 자신의 표정이 어땠는지를
자각했는지 애써 웃는 얼굴을 보였다.

"아니야, 나도 아까 너 한참 기다리게 했는걸."

내가 일부러 던진 농담에 조세화는 웃는 것도 아닌 것도
아닌, 어색한 얼굴로 입꼬리를 비틀었다.

"……그러게. 그러면 쌤쌤이로 칠까?"

"그래, 그러자."

조세화는 바보가 아니다.

그녀 역시도 언론에서 떠들어 대고 있는 것, 그리고 그녀 주위에서 벌어지고 있는 무수한 일에 관해서 나름대로 생각의 기둥을 세워 두고 있는 것이다.

특히 조세광의 근신과 비슷한 시기에 일어난 병실에서의 도청기 발견, 그리고 (언론에 좀처럼 크게 보도되진 않았지만)박길태의 피살 사건까지.

조세화도 입 밖에 내거나 내색하지는 않았지만, 박길태의 죽음과 조세광의 근신이 무관하지 않으리란 불길한 생각을 품고 있을 것이다.

그도 그럴 것이, 도청기를 발견한 이후 조세화는 내게 단한 번도 어딘가 놀러 가자는 권유를 하지 않았다.

그녀는 제법 흥미를 붙였던 골프는 물론이고, 이렇다 할유희 없이 다소 사무적으로 병원과 집, 학교 정도만을 오갔을 뿐이었다.

그나마 이따금씩 내가 (나 역시 트로피를 교체하는 등 필요에 의해)병문안을 가도 되는지 물으면 그제야 일부러 웃는 티가 역력한 얼굴로 나를 반기곤 했다.

'조세화의 마음고생은 그뿐만이 아니지.'

거기에 더해 오늘은 조성광의 병세가 악화되었을 뿐만 아니라 트로피 속에서 또 다른 도청기를 발견하기까지 했다.

그리고 속이 텅 빈 트로피는 그녀를 아끼고 사랑해 주는 조지훈이 설치했으리란 정황이었고, 최근엔 조설훈과 조지훈이 사이가 회복된 듯한 모습마저 보이는 상황에서 도청기의 존재를 밝히는 것도 크나큰 갈등이리라.

이제 갓 중학생이 되었을 뿐인 그녀에게는 가혹한 상황이었다. 현재 그녀는 정신적으로 위태로워 보였다.

가족이 관련된 일이니 가족에게 의지할 수도, 그렇다고 그녀는 완전한 타인인 내게 의지하려 하지도 않았다.

자존심이 강한 탓일까.

아니, 원래도 그녀는 집에서 의지할 만한 상대 없이 고독을 감내해 왔을 것이다.

그나마 그녀에게 위안이 되어 주었던 조성광은 아주 오랜 시간 병실에 누워만 있을 뿐이었고, 그나마 잠깐 정신을 차렸을 때에도 그녀가 아닌 내게 말을 건넸을 뿐이었다.

어떤 의미에선 조성광이 뱉은 마지막 말을, 그와 마지막으로 소통을 이룬 건 그 집안과 하등 상관도 없어 보이는 나였다.

'그러니 어쩌면, 조세화는 더더욱 내게 의논하려는 걸 망설이고 있는 걸지도 모르지.'

조세화의 의중을 알기는 어렵지만, 그녀는 지난번 조성광의 병실에서 발견한 도청기 건으로 인해 조성광에게 서운함을 느끼고 있을지도 모른다.

또 한편으로는 결과론인 이야기지만, 조성광이 내게 직접 건넨 도청기로 인해 이 모든 일이 불거진 것이라고 생각하는 것도 가능은 했다.

　그러니 이 나이 때의 평범한 아이의 사고방식이라면 그 모든 일을 내 탓으로 돌리는 것으로 현실도피를 할 법도 하건만 조세화는 그러지 않았다.

　'그 자체는 조금 높이 평가할 만하긴 한데. 뭐, 따지고 보면 나는 어디까지나 계기만을 던져 주었을 뿐이니까.'

　「모처럼 작은아버지랑 아빠 사이가 좋아졌다고 생각했더니…… 차마 알려 드리질 못하겠어. 이미 지나간 일이기도 하고.」

　결국 조세화는 당분간, 이 모든 것을 홀로 감내하면서 함구하는 것을 택하기로 한 모양이었다.

　차라리 짧은 사고로 나를 원망했다면 나도 일이 조금 더 수월하게 풀리지 않았을까.

　의미 없는 가정이었다.

　한편으론.

　「그럴 일은 없어야겠지만, 만일…… 작은아버지가 아빠를 함정에 빠트리려고 한다면, 그때 가선 나도 각오를 다질 거야.」

그녀도 이번 일을 마냥 덮어 두고 외면하려고 생각하는 건 아니었다.

'그것도 어디까지나 그녀가 생각하는 최악의 상황이 닥치기 전까지, 라는 전제하의 이야기지만.'

……그 방면은 나름대로 설계를 해 두었으니, 나로서는 그저 얼마 남지 않은 때를 기다리고 있을 뿐.

조세화는 자연스럽게 앞장서서 걸으며 입을 뗐다.

"오늘은 이만 집에 돌아가 볼게. 트로피는 챙겼지?"

나는 보란 듯 손에 들고 있던 가방을 추켜 보였다.

"응, 당연하지."

하지만 가방 속 트로피 내부는 현재 텅 비어 있었다.

조세화는 내게 트로피를 넘기면서 속에 든 도청기는 빼내서 내게 건넨 것이다.

'그녀가 알 턱은 없지만, 어차피 그것도 내가 준비한 사본인데.'

아마 조세화는 내가 더 이상 이 일에 발을 들이길 원치 않거나, 저번 일로 말미암아 나를 온전히 신뢰하지 못하고 있는 모양이었다.

'뭐, 전자가 유력하겠지. 조세화의 입장에선 내게 그녀가 세워 둔 기준하에 의지할 수 있을 만큼 의지하고 있으니까.'

트로피 속 도청기를 발견하자마자 내게 연락을 한 것도 그런 흔적이리라.

그렇다고 해서 조세화가 이번 일을 마냥 아무것도 모르는 척, 아무 일도 없었던 것처럼 덮어 두려고 했단 건 아니었다.

　그녀는 (조지훈이 아직 회수하지 못했으리라 믿고 있지만)'속이 텅 빈 도청용 트로피'와 '속이 꽉 찬 원본 트로피'를 교체해 가져다 두는 것으로, 언젠가 조지훈이 다시 방문할 때를 대비해 조지훈에게 '무슨 짓을 하고 있는지 알고 있다'는 암시를 주려 하는 것인데, 나는 그게 아무런 소용도 없는 허튼짓이란 걸 알고 있었지만 일단은 그녀의 요망을 따라 주기로 했다.

　'나름 강단은 있다니까.'

　어쨌건 지금 현재로서는 조세화, 조지훈, 나 이렇게 세 사람이 도청기를 손에 쥔 셈이었다.

　나는 그녀 곁으로 따라붙으며 말을 건넸다.

　"그러면 '원본' 같은 금형을 가져다주기만 하면 될까?"

　그녀가 고개를 끄덕였다.

　"응, 그거면 충분해. 고마워."

　'고마워'라는 말 억양에는 높낮이가 없었지만, 나는 그걸 눈치채지 못한 것처럼 말을 붙였다.

　"내용은 안 들어 봐도 되겠어? 용산 쪽에 가 보면 재생 장치를 찾을 수도 있을 거 같은데. 필요하다면 내가 MP3 포맷으로 바꿔서 전해 줄 수도 있고."

　"아니야."

　조세화는 딱딱한 얼굴로 고개를 저었다가 쓴웃음을 지었

다.

"만약 내용을 알게 되면······."

그녀는 잠시 뜸을 들였다가 말을 이었다.

"그야 나쁜 이야기는 없을 거라고 생각하지만, 만에 하나 내가 알아선 안 될 내용이 그 안에 담겨 있다면, 나도 비밀을 감추는 게 힘들어질 거 같아."

조세화가 웃으며 덧붙였다.

"나, 예전부터 생각하는 게 얼굴에 잘 드러난단 이야기를 듣곤 했거든."

"······."

조세화의 말은 그녀 스스로 오늘 조지훈을 보는 자신의 감정이 어땠는지, 그리고 그걸 능숙하게 감추질 못했다는 걸 자각하는 말이었다.

"······알았어. 그러면 준비가 되는 대로 연락할게. 오늘 하루는 피곤할 텐데, 집에 가서 푹 쉬어."

"응. 그리고 성진아."

"왜?"

조세화는 일순 울 것 같은 얼굴을 했다가 표정을 다잡았다.

"······고마워."

"신경 쓸 거 없어."

나는 일부러 태연하게 그 말을 받았다.

"친구잖아?"

"……친구……. 응, 그렇지. 우린 친구지."

이후 조세화는 줄곧 말이 없다가 병원 문 앞에 가서야 다시 입을 열었다.

"다음에 봐."

나는 강이찬이 기다리고 있는 차에 갔고, 그가 열어 주는 뒷좌석에 올라탔다.

"어디로 모실까요?"

"……용산으로 가 주세요."

나는 그간 용산의 개구리컴퓨터 사장 박철곤에게 트로피 금형을 부탁해 두었던 터였다.

지금은 용산뿐만 아니라 급증한 조립식 컴퓨터 수요에 맞춰 전국적으로 사업을 확장하고 있는 그는 청계천 지하상가에 터를 잡고 있을 때부터 트로피를 똑같이 복사할 기술이 있는 금형 기술자들과 알고 지냈고, 심지어는 조광의 컨트리 클럽에 납품하는 원본도 구해 줄 수 있을 정도의 인맥을 자랑했다.

'그 덕에 일이 조금 수월했지.'

한편으론 내가 용산으로 향하는 것엔 내가 개구리컴퓨터의 투자자로 있다는 구실이 있었으니, 배후에 누굴 두고 있는지 아직도 긴가민가한 강이찬에게 내세울 행선지의 명분도 충분했다.

"예, 알겠습니다."

강이찬은 부드럽게 차를 몰았다.

나는 뒷좌석에 등을 기대고 앉아 가만히 창밖을 보았다.

'슬슬 끝을 향해 가는군.'

평소 같으면 나도 서류를 들여다보는 식으로 시간을 허비하지 않았겠지만, 오늘은 왠지 모르게 피곤했다.

그건 큰일이 끝나 감에 따라 찾아오는 성취감에서 비롯한 피로는 아니었다.

가면을 쓰고 다니느라 생겨난 피로도 아닐 것이다.

'이제 와서 새삼, 무슨.'

전생부터 나는 가면을 쓰는 일에 익숙했으니까.

'지금은 왠지 그냥 눕고 싶어.'

문득, 나는 이번 일로 인한, 전생에 없던 죽음을 떠올렸다.

'벌써 셋인가……. 아니, 넷이로군.'

전생에 없던 죽음을 맞이하고 그 사체마저 훼손당한 정순애.

전생에는 출세에 성공해 내가 속한 조직을 끈덕지게 괴롭혀 온, 그리고 어쩌면, 이성진의 방해만 없었다면 장래 대권 주자를 노릴 수도 있었을 박상대.

그리고 얼굴도 모르고 만난 적도 없는 박길태란 인물과 그와 함께 죽은 김수영까지.

이 모든 일의 발단이 된 정순애를 한국에 소환한 나는 그녀의 죽음에 간접적으로 영향을 끼친 셈이었지만, 그에 따른 책임감은 들지 않았다.

그저.

'……여기서 더 늘어나게 될까?'

그 생각이 건조하게 떠올랐을 뿐이었다.

성수대교 붕괴며 삼풍백화점 재해를 막아 낸 나였지만, 그렇다고 그들의 죽음과 나로 인해 건진 목숨을 저울질할 생각은 없었다.

나는 나로 인해 목숨을 건졌을 사람들에게 자부심을 가지지 않는 것만큼, 이번 일로 전생과 다른 죽음을 맞이한 이들의 최후에 대해 무관심했다.

나는 다만 그로 인한 변수만을 생각하고 있었고, 그런 식으로 냉정할 수 있는 나 자신이 어색하고 놀라웠다.

'아무리 덤에 가까운 목숨이라고는 하지만…….'

이번 생에 들어서부턴 나 자신을 관조할 때면 거의 항상 본질에서 몇 걸음 물러나 타인을 바라보는 듯한 이질감을 떨쳐 내기가 힘들었다.

그걸 가장 깊이 자각한 것은 최근 조광과 관련한 일로 엮이기 시작하면서부터였다.

전생의 나였다면, 좀 더 감정적인 반응을 띠었을 것이다.

그건 이 몸의 원래 주인인 이성진의 영향일까, 아니면 그저 나 자신의 변화에 불과한 것일까.

지금은 나 자신에 대해, 그리고 그걸 이제 세상에 존재하지 않는 전생의 이성진 탓으로 돌리려는 내게 환멸이 느껴졌다.

"……괜찮으십니까?"

강이찬의 목소리가 내 상념을 뚫고 들어왔다.

"예?"

운전석의 강이찬은 백미러로 힐끗 나를 살폈다.

"왠지 피곤해 보이셔서요."

이어서 말을 건네는 강이찬의 목소리에는 고용주와 고용인 사이의 사무적인 염려보다는 나이 차 많이 나는 동생을 대하는 형처럼 들리는 뉘앙스가 묻어 있었다.

지금 나는 강이찬이 우려를 표할 만큼 감정이 표정에 드러났는가 싶어, 대강 둘러댔다.

"아……. 조성광 회장님의 용태가 많이 안 좋으셔서요."

"그렇습니까……. 유감입니다."

강이찬은 조성광의 병실 앞까지만 왔을 뿐, 그 얼굴을 본 적도 없겠지만, 그간 내가 수차례 노인의 병문안을 했다는 것에서 심심한 위로를 건넸다.

'사실 조성광의 상태에 대해선 하등 신경 쓰고 있지도 않았지만.'

사람은 누구나 대상이 감정적이고 연민 어린 요소를 보일

수록 호감을 갖기 마련이다.

그러니 상대적으로, 누군가의 죽음으로 얻을 손실을 따지고 있었다는 솔직한 답변은 이 상황에 아무런 도움도 되질 않는다.

나는 강이찬에게 내 표정이 어떻게 비칠지 계산하면서, 희미한 미소를 지었다.

6장

"선배님, 오셨습니까?"

광수대 본부로 도착한 정진건을 강하윤이 반겨 주었다.

뒤이어 그녀는 휴가 아닌 휴가를 마치고 복귀한 박순길에게도 반가움을 표했다.

"아, 박 형사님, 복귀하셨다는 말씀은 들었습니다."

"아따, 강 형사 오랜만이요. 아주 신수가 훤해지셨소잉."

박순길의 말에 강하윤은 웃는 얼굴로 손사래를 쳤다.

"아닙니다. 박 형사님이야말로……."

강하윤의 시선은 자연스럽게, 눈에 띄지 않을 수가 없는 박순길의 옷차림으로 향했다.

"……그런데 그 셔츠는요?"

박순길은 씩 웃으며 자랑스럽게 짝다리를 짚고 섰다.

"알아보겠소? 이거시 최신 유행하는 패션 스타일 아니요. 워뗘요?"

"……아, 예. 좋……네요."

강하윤은 속에 있는 말을 다 토해 내지 않고 어색한 미소로 고개를 끄덕이더니 얼른 고개를 돌려 정진건을 보았다.

"선배님, 그런데 김 대표님과 만남은 어떠셨습니까?"

강하윤은 김기환과의 만남으로 인해 무언가 수사에 진척이 있으리라 기대하는 얼굴이었다.

생각해보면 오늘 오전에 정진건을 김기환에게 인계한 이후, 그녀는 줄곧 혼자 있었단 생각에 정진건은 어딘지 미안해졌다.

"아 그게 말이지……."

정진건은 자연스럽게 말을 이으려다 말고 고개를 저었다.

"사람은 좋더군."

"……어라, 다른 건 없었습니까?"

강하윤은 그럴 리가 없는데, 하며 고개를 갸웃했고, 정진건은 그런 강하윤의 시선을 의식적으로 피했다.

"그다지. 김기환 대표님이 알려 준 건 내부 조사에서도 이미 나온 내용이었어."

"그렇습니까……."

"그보다 강 형사, 오늘 더 이상 할 일이 없으면 먼저 퇴근

해도 좋아."

"……예."

정진건에게 자신만만한 얼굴로 김기환을 소개한 강하윤은
막상 만나 보았더니 별 내용이 없었다는 정진건의 말을 듣고
는 괜히 송구스러워하는 기색으로 고개를 꾸벅 숙였다.

"그러면 지금 하고 있던 자료 정리를 마치는 대로 먼저 퇴
근해 보겠습니다."

"음."

한편, 그런 정진건과 강하윤을 보는 박순길의 표정은 어딘
지 모르게 묘했다.

중간에 합류하긴 했지만 김기환이 가져다준 정보는 광수
대 전체의 수사 방침에도 영향을 끼칠 만한 것이었고, 그 일
원인 강하윤에게 공치사를 하면 했지, 없는 취급하는 건 어
색한 일이라 여겼다.

그럼에도 불구하고 박순길은 스스로 '부외자'라는 입장에
정진건 나름대로 생각하는 것이 있으리라 판단했는지, 가벼
운 작별의 말 외에는 별다른 말을 하지 않았다.

정진건은 강하윤과 작별한 뒤 김보성이 있는 검사 사무실
로 향했고, 박순길이 그런 정진건의 뒤를 따라붙으며 물었다.

"거시기 정 형사, 오늘 내용은 강 형사에게도 비밀로 하시
려고잉?"

"……예."

"흐미, 이건 그건가, 적을 속이려거든 아군부터?"

"……."

그렇게 따지면 애초에 예의 바를 다녀온 뒤, 정진건이 끊은 담배까지 권해 가며 '내부 쁘락치' 설을 은밀히 권한 것은 박순길 본인이었다.

그렇게 생각하니 박순길도 그 정보 공유에 강하윤을 배제한 까닭을 모르는 바는 아니었다.

박순길은 정진건의 덤덤한 얼굴을 살피며 덧붙였다.

"하긴, 몰라도 될 걸 벌써부터 알 필요는 없지만 말이죠잉."

"……예."

생각보다 많은 경찰들이 현실과 타협하는 방법을 배운다.

무엇이든 시작은 미약하다.

당장 교통과만 보더라도 잡고 보니 아는 사람, 또는 높으신 분이더란 사례가 발생하게 된다.

여기서 끝까지 강직함을 관철할 수 있는 공무원은 몇 되지 않는다.

그런 식으로 '원칙'에서 벗어난 일을 몇 차례 겪고 나면 자신도 모르게 가랑비에 옷이 젖듯이 원칙에서 벗어난 길로 물들고 만다.

잔잔바리로는 주차 위반, 과속 따위의 일에 눈감아 주는 대가로 푼돈을 챙기는 것부터, 나중에는 눈먼 증거품을 슬쩍 빼돌리는 일까지.

바늘 도둑은 시간이 지나 소 도둑이 되기도 한다.

그런 식으로 하나둘, 배지를 달 때 세워 둔 스스로의 신념과 기준점이 마모되어 가다 보면 그것이 현실과 맞닿아 깨닫고 보니 흔히 말하는 '부패 경찰'이 되어 있더란 것이 부지기수였고, 내부 감찰에 걸려서도 '이 정도는 남들도 다 하는 거 아니냐'며 큰소리를 뻥뻥 쳐 대는 것이다.

이번에는 그게 조광 그룹이라는 거물이 얽혀 있을 뿐, 본질적으로는 다르지 않다고 보았다.

하지만 정진건으로선 '강하윤에게 경찰로서 지켜야 할 원칙을 고수하게 하겠다'거나 하는, 그런 거창한 이유는 아니었다.

이미 한강 변사체 사건과 박길태 건을 겪으며 몇 차례 '원칙'에서 벗어난 것이 때론 효율적일 수 있다는 걸 익힌 강하윤이다.

정진건 역시 원리원칙에만 얽매여 있다 보면 활동 범위가 제한되기 일쑤라는 걸 잘 알고 있었고, 그간의 경험으로 말미암아 일을 하다 보면 어느 정도 기름칠이 필요하다는 것도 잘 알았다.

그런 문제는 어디까지나 사회적으로 용인되는 '선'을 넘느냐 마느냐의 정도라고 보았다.

정진건은 그저, 이성진과 개인적인 친분이 있는 강하윤은 이번 일에 이성진이 적잖이 연루되어 있으리란 소식이 그녀의 의욕을 꺾을지도 모른단 생각이 들었을 뿐이었다.

거기에 더해 조광과 내통하고 있는 내부자 이야기까지 귀에 들어가면, 아직 표리부동함과 거리가 먼 강하윤이 같은 사무실을 쓰고 있을 '내통자'의 의심을 사게 될지도 모른다고 판단했다.

그런 의미에서 정진건의 사고 근거는 차라리 박순길이 농담조로 던진 '적을 속이려거든 아군부터'라는 생각에 부합하는 편이었다.

하지만 정진건은 박순길에게까지 이성진의 존재를 더 많이 노출할 필요는 없으리란 생각으로 얼버무리고 말았다.

'……나 역시도 그 사사로움에선 온전히 벗어날 수 없는 모양이군.'

그런 생각에 미치자 정진건도 쓴웃음을 지을 수밖에 없었다.

정진건과 박순길 두 사람은 검사 사무실 문을 똑똑 두드렸다.

"정진건 형사입니다."

"들어오십시오."

김보성의 목소리에 둘은 사무실로 향하는 문을 달각 열었다.

다른 수사관들은 모두 내보내고 없는 모양인지, 텅 빈 검사 사무실에는 김보성과 방승혁이 책상에 걸터앉아 있다가 자세를 고쳐 두 사람을 맞았다.

"잠깐 내용은 전해 들었습니다. 쉽지 않은 일이었을 텐데 두 분 모두 수고하셨습니다."

"아닙니다."

정진건의 말은 겉치레뿐만은 아니었다. 이번에는 운이 좋았을 뿐이지, 수확에 비해 일이 어렵거나 하진 않았으니까.

정진건은 겸양을 표한 뒤 말을 이었다.

"수사 방침은 어떻게, 정하셨습니까?"

"예."

김보성이 고개를 끄덕였다.

"우선, 정 형사님은 삼광종합병원의 기록 몇 가지를 열람했으면 하신다고요."

"그렇습니다. 가능하면 영장을 신청해서라도 병문안 관련 기록과 배성준 형사의 아내……분의 입원비 입출금 내역을 살펴보았으면 합니다."

"예, 저 역시도 한번 살펴볼 가치는 있다고 생각합니다. 또 사건을 파고들다 보니 한강 변사체 사건과 박길태 피살 사건이 상호 완전히 무관하지 않으리란 생각이 들더군요."

김보성이 말을 이었다.

"그러잖아도 타 수사관들에게 박길태 피살 사건의 조사를 명해 둔 상황입니다."

과연, 사무실이 텅 비어 있었던 건 그런 연유였던가 하고 정진건은 생각했다.

김보성은 정진건이 사무실을 둘러보는 걸 지켜보며 말을 이었다.

"두 분께서는 도깨비 신문의 김기환 대표에게 조사를 의뢰했다고 들었는데, 그쪽은 맡겨 두어도 괜찮을 것 같습니까?"

그 말에 잠자코 있던 박순길이 대답했다.

"아, 예. 영감님. 아무래도 거시기, 그짝은 지금 한솥밥을 먹고 있다 보니 쪼까 신중해야 하지 않겠습니까? 해서, 같은 조직 내에서 움직이는 것보단 외부인의 도움을 받는 게 낫겠다 싶었지요."

"……그 부분은 앞서 병원 기록 열람과 연계해 살펴보았으면 합니다. 혹시나 해서 알아보니 짐작 가는 부분이 있더군요."

그사이 그쪽 조사도 해치운 건가?

요즘 김보성은 검찰 조직 내부에선 손가락의 가시 같다고 들었는데, 정치력은 둘째 치더라도 능력 하나는 알아줘야겠다며 박순길은 속으로 혀를 내둘렀다.

그러거나 말거나 김보성은 사무적으로 말을 이었다.

"박상대가 승인한 단체 중에 '새싹모금운동본부'라는 곳이 있더군요. 설립 취지 목적 중에는 암 환자의 수술 및 치료비 지원에 관한 항목이 있었습니다. 배성준 형사는 해당 복지

단체를 통해 병원비를 지급받은 것 같은데…….”

김보성은 내통자로 배성준을 혐의에 두고 있는 모양이었
다.

“……그 방향으로 조사를 진행하면서 기부금 지급 및 대상
기준 선정이며 입출금 내역을 살펴보면 되지 않을까 합니다.
두 분께서는 가능하면 김기환 대표를 도와 일을 처리해 주십
시오. 또, 이어서…….”

한번 물꼬가 트이기 시작했더니 김보성의 지휘는 거침이
없었다.

“……그러면 이만 해산하겠습니다.”

“예.”

모두가 대답한 뒤 자리를 뜨려고 할 때.

김보성은 자신의 개인 사무실을 힐끗 살피며 말을 이었다.

“정진건 형사님은 잠깐 남아 주시겠습니까?”

“예.”

김보성은 자연스럽게 정진건을 이끌고 개인 사무실로 향
한 뒤, 문을 닫고 책상 뒤로 돌아가 섰다.

“앉으시죠.”

정진건은 아무 말 없이 자리에 앉았다.

김보성은 자신의 의자에 앉기 전, 정진건에게 물었다.

“차라도 한 잔 하시겠습니까?”

“아뇨, 괜찮습니다.”

"알겠습니다."

김보성 스스로도 차 한 잔 할 생각은 없었는지, 그는 정진건과 책상을 사이에 두고 마주 앉았다.

"아까 전부터 묻고 싶었는데, 오늘 하루 강하윤 형사님은 동행하지 않으시는군요."

김보성의 말에 정진건은 덤덤하게 대꾸했다.

"강 형사에겐 다른 일을 맡겨 두어서요."

"……그렇습니까."

경찰 내 업무 배정이 어떻다고 하는 건 검찰의 관할 밖이었으므로, 김보성은 강하윤의 부재에 대해 어느 정도 암시만 던진 상태에서 더 따져 묻지 않았다.

"정진건 형사님이 오시길 기다리는 사이 저는 국과수의 소견서를 검토하고 있었습니다만……."

김보성은 자신의 손 곁에 놓인 서류를 톡톡 두드렸다.

"제 생각 이상으로 국과수의 '제3자 가설'은 설득력이 있더군요. 게다가 정 형사님께서는 국과수의 양상춘 박사님과 친분이 있다고 들었는데요."

그 대목에서 정진건은 쓴웃음이 나오는 걸 감추기 어려웠다.

"……그런 편입니다."

"조만간 한번 만나 뵙고 자세한 이야기를 나누었으면 하는데, 면담을 요청드릴 수 있을까요? 아무래도 양상춘 박사님과 직접 만나 그분의 견해를 듣고 나면 글로 읽는 것보다 사고가 구체화될 것 같아서 말입니다."

굳이 정진건에게 청탁을 넣었다고 함은 물론 검찰 대 국과수가 아닌, 김보성 대 양상춘이라고 하는 비공식적인 요청일 것이다.

"빠른 시일 내로 뵐 수 있게끔 연락을 넣어 보겠습니다."

"감사합니다. 그리고……."

김보성은 잠시 뜸을 들인 뒤 말을 이었다.

"저희 수사관님께 듣기로는 병원에서 이성진을 만나 이야기를 나누셨다고요."

역시, 본 용건은 그거였나.

정진건은 김보성의 얼굴을 물끄러미 쳐다보았다.

다소 공교로운 이야기였지만 이성진은 정진건의 딸뿐만 아니라 김보성의 자녀와도 인연이 있는 사이였다.

그리고 왠지 김보성의 말하는 모양새를 보니, 그 역시도 이성진과 면식이 있는 듯하다고 정진건은 생각했다.

둘 사이가 얼마나 친밀하고 깊은지는 알 수 없으나, 정진건은 일단 사실관계를 시인했다.

"그렇습니다."

정진건의 대답에 김보성은 짧게 고개를 끄덕였다.

"정진건 형사님은 병원에서 이성진을 만난 뒤, 조세광을 본격적으로 혐의에 올리셨다고 들었습니다. 이성진이 조세광과 친분이 있다지요?"

하지만 김보성의 단도직입적인 질문은 묘하게 사무적인 색채를 띠고 있었다.

"……예. 골프 친구라고 들었습니다."

이른바 소위 상류층 자제들에게 골프라는 건 그렇게 거창한 스포츠도 아닌 건지, 김보성은 박순길이며 방승혁과 달리 별다른 감상 없이 고개를 끄덕일 뿐이었다.

"정진건 형사님께서는 이성진과 관계가 친밀하다고 들었습니다만."

"그렇지만도 않습니다. 성진이는 어디까지나 제 딸아이의 학급 친구여서 조금 면식이 있을 뿐입니다."

정진건의 대답에 김보성은 희미하게 미소를 지었다.

"그래요? 제가 듣던 것과는 조금 다른 모양입니다."

"……."

"제가 듣기로는 성진이와 몇 가지, 따님을 통하지 않고 개인적인 유대를 맺고 있는 것이 있다고 들었거든요."

그러고 보면 김보성과 첫 대면 때도 이성진의 이름이 화제에 오르기도 했다.

김보성은 당시에는 별거 아닌 것처럼 넘기고 말았으나, 생각해 보면 그런 공교로운 일을 김보성이 넘기고 말 리가 없다.

실제로 정진건은 이성진과 일반적인 '딸의 학급 친구'라는

데면데면한 관계 이상으로 개인적인 일 몇 가지가 엮인 사이였다.

당장은 그와 처음으로 만났던 조인영과의 중개가 그러했고, 뿐만 아니라 관할구역 차원에서 수행한 업무인 용산 재정비 건도 있었다.

더욱이 이번 사건으로 엮어 들어가기 시작한다면 김보성에게도 보고가 들어간 반지의 주인을 찾은 것이며 박강선을 요한의 집에서 맡아 보호했던 것까지, 이성진은 안면을 트게된 이후 줄곧 간접적인 지인의 관계를 넘어서 정진건과 함께해 왔다.

'지금은 이성진에게 수상한 점이 한둘이 아니니, 그걸 빌미로 수사 인원에서 배제하려는 건가?'

정진건은 생각한 바를 내색하지 않으며 입을 뗐다.

"하오면, 검사님이 생각하시기에 이성진은 저희 사이에서 의도적으로 수사를 훼방 놓거나 하고 있었다는 말씀이십니까?"

정진건이 김보성만큼이나 단도직입적으로 물어 오자, 김보성은 쓴웃음을 지었다.

"그런 것은 아닙니다. 훼방……을 놓았다고 하기보단 오히려 역으로, 수사기관으로 하여금 진실을 향해 이끌고 있는 것이 아닐까 하는 생각마저 들더군요."

"……진실을 향해서요?"

"예. 진실 운운하는 건 조금 거창하긴 하지만……."

김보성은 짧게 고개를 끄덕이더니 서류를 뒤적여 보란 듯 책상 위에 펼쳐 놓았다.

"……굳이 표현하자면 수사상의 정황 근거를 향해서 말입니다."

정진건은 김보성이 펼쳐 놓은 서류를 집어 들었다.

김보성이 정진건을 따로 불러 서류를 보여 준 까닭이 있었다.

그는 정진건이 어림짐작했었던 것과 달리, 독자적으로 조사한 내용을 '믿을 수 있을 만한 대상'과 공유하려는 의도였다.

서류의 내용은 구봉팔의 새마음아동복지재단이 이성진의 공식적인 후원 이후 방향을 재검토했을 뿐만 아니라, 은연중 드러나 보이던 박상대와의 유착을 정리하고 소위 '독립'을 이룬 과정 일체가 기입되어 있었다.

서류를 살피는 정진건을 보며 김보성이 입을 뗐다.

"이성진의 의도까진 알 수 없습니다만, 조사를 이어 가다 보니 지금은 그 애가 오롯이 조광과 한배를 탔다고는 생각하기 힘들 것 같단 생각이 들더군요."

김보성의 말에 정진건은 서류에서 눈을 떼고 눈앞의 김보성을 쳐다보았다.

"그렇다면 성진이가 '비밀'로 하려던 것도……."

"어쩌면, 보이는 대로겠지요. 그 저변에 의도적으로 감추는 것이 있다는 걸 통해 저희들로 하여금 그 부분에 집중해야 함을 알리고자 하는 것이 아닐까요."

"……."

이성진의 외적 요인—나이며 신분—을 배제하고 생각하면 김보성의 견해는 귀 기울여 들을 가치가 있었다.

물론 억측일 수도 있겠지만, 김보성은 표면적으로 드러난 사실 저변에 자리 잡은 '진실'을 생각하고 있었다.

어떤 의미에서는 이성진을 여태껏 '애 취급'하고 있었던 건, 이성진과 적지 않은 시간을 부대껴 온 정진건 본인이 아니었을까.

그와 관련한 선입견을 배제하고 본다면 이성진은 귀중한 협력자일 뿐만 아니라 이번 사건의 중추에 맞닿아 있는 존재였다.

정진건이 입을 뗐다.

"그러면 앞으로 수사 방침은 어떻게, 사무실에서 말씀드린 것과 동일합니까?"

"정진건 형사님을 부른 건 그것과 무관하지 않습니다."

김보성은 다른 서류를 꺼내 정진건 앞에 놓았다.

"다른 분들 앞에서 말씀드린 것과 별도로 우선은 조세광의 주변에서 일어난 변화에 집중했으면 해서요. 이 서류도 한번 살펴보시겠습니까?"

서류에 기재된 것은 조세광 소유의 통장 자금 흐름이었다.

조세광은 재벌가 도련님답게 적지 않은 자금을 융통하고 있었는데, 그 돈이 흘러 들어간 곳이 제법 공교로웠다.

"……나이스트 연구 개발 부서……스크린 골프? 라는 것을 개발하는 곳이군요."

"예. 조세광도 어쨌건 이래저래 개인 사업장을 가지고 있으니 가치 투자 자체는 이상한 일이 아닙니다만, 그 시기가 마침 공교롭게도 새마음아동복지재단의 공식 후원자로 SJ컴퍼니가 선정된 것과 겹치더군요."

김보성이 말을 이었다.

"우연치고는 공교롭다고 생각하지 않습니까?"

"……."

"더욱이 조광 그룹은 최근 들어 주목받고 있는 IT며 소프트웨어 산업과 거리가 먼 회사입니다만, SJ컴퍼니는 설립 당초부터 게임이며 IT 등 각종 소프트웨어 사업과 연관이 있었지요. 제 생각에는 이성진과 조세광 사이에 모종의 거래가 있었던 것은 아닐까 합니다."

정진건은 잠시 생각하다가 김보성의 말을 받았다.

"즉, 그렇다면 조세광에게 나이스트와 스크린 골프 아이템을 소개해 준 것이 이성진이라는……?"

"어쩌면요. 스크린 골프 기기 자체는 조광이 운영하는 골프 클럽하우스에도 비치되어 있는 것으로 확인되었습니다만, 그것을 사업 아이템으로 발굴하고 개발에 뛰어드는 건 조금 다른 이야기거든요."

"……그렇게 해서 이성진이 얻은 것은요?"

김보성은 잠시 뜸을 들였다가 대답했다.

"지금 상황이지요."

"……."

"지금은 현 상황에 거칠게 끼워 맞춘 결과론에 불과하긴 합니다만, 현재 조광 내의 사내 정치 역학은 구봉팔에게 무척 유리한 방향으로 흘러가는 중입니다. 저 역시 구봉팔에 가해진 혐의를 마냥 좌시할 생각은 없습니다만, 만일 이로 인해서 구봉팔이 이성진의 밑에 들어가게 된 거라면……."

김보성은 눈을 가늘게 떴다.

"조광 그룹의 경영권 일부는 이성진이 쥐게 된다, 그렇게 생각할 수 있지 않겠습니까?"

"……."

그건 차라리 지구가 평평하다거나 인류가 달에 간 적이 없다고 주장하는 부류의 음모론에 가까운, 얼토당토않은 견해였다.

하지만 말 그대로, '선입견을 배제'하고 본다면 이성진은 새마음아동복지재단을 통해 구봉팔과 엮일 계기를 만들었고, 현 상황은 구봉팔에게 유리한 방향으로 흘러가는 중이었다.

설령 구봉팔에게 배임, 뇌물 수여 따위의 혐의를 적용해 그를 심판대에 올린다고 하더라도, 이는 재계의 관행대로 솜방망이 처벌을 끝으로 무마될 가능성도 다분했다.

　　'그렇다는 건, 이성진은 구봉팔과 조세화를 통해 조광에 영향력을 행사하려고 한 건가?'

　　김보성은 정진건의 생각이 정리되길 기다렸다가 말을 이었다.

　　"현재 저희에게 조력하고 있는 도깨비 신문의 김기환 대표 역시…… 그 신상을 조금 알아보았습니다만."

　　김보성은 또 다른 서류를 꺼내 들었다.

　　"그는 채한열 씨와 동문이더군요."

　　채한열?

　　어디서 들어 본 듯한 이름인데…….

　　정진건이 퍼뜩 알아채지 못하는 눈치이자 김보성이 말을 이었다.

　　"음, 재작년 천화초등학교 전교회장이었던 아이…… 아마 이름이 채선아였던가요? 그 아이의 부친이라고 하면 아시겠습니까?"

　　그렇게 들으니, 그 이름이 왠지 마냥 낯설지 않은 이유도 알 것 같았다.

　　"하면, 김기환 대표가 그 채한열 씨와 동문이라는 것과 이번 일은 무슨 관계가 있습니까?"

"……지금은 CBS의 미국 지사에 전근을 가 계십니다만, 채한열 씨는 기자들 사이에서 성수대교 붕괴를 단독 보도한 것으로 명망이 높더군요."

"……."

성수대교 부실 공사 건은 정진건도 어렴풋하게 기억하고 있었다.

만일 관련 사안이 보도되지 않았더라면 해당 시기 내에 성수대교가 붕괴되었을지도 모른다는 (다소 과장이 섞인 듯한)자료까지 국회에 나온 것이다.

하지만 성수대교의 부실 공사 건은 그다음에 이어진 삼풍백화점 붕괴 사건으로 인해 보다 구체적인 설득력을 얻게 되었고, 정부에서는 대대적인 검사에 들어가 지금은 그 개수 공사도 무사히 마무리되었다.

'다만, 그렇다고 해서 채한열과 이성진 사이에 면식이 있었다고 생각하기엔 근거가 희박한데.'

김보성은 정진건의 그런 생각을 짐작하고 있다는 듯 말을 이었다.

"조금 다른 이야기입니다만, 방금 말씀드린 당시 전교회장이던 아이는 성진이와 함께 방과 후 교실 프로그램 초창기에 손을 보탰다고 합니다."

"……그랬군요."

천화초등학교는 예나 지금이나 학생 주도로 일을 처리하

는 것이 많은 편이라고 생각했다.

아니, 그것도 최근 몇 년 새 일일까.

자신의 딸이 천화초등학교에 입학해 졸업 년해인 올해까지 있었던 일을 감안한다면, 천화초등학교 학군의 변화는 아이가 고학년이 된 이후부터 이루어진 비교적 최근의 일이었다.

그 전까진 일반적인(?) 부자 동네 학군의 교육 시설, 그 이상도 이하도 아니었으니까.

이성진이라는 아이의 존재에 대해서도, 그 전까진 어디 재벌가 자재가 같은 학교를 다닌다는 소문 외에 들은 바가 없었을 정도였다.

"그 정도는 그 애도 당시 전교회장이었으니 가능성 있는 이야기입니다만, 당시 채한열 씨는 CBS 내에서 눈 밖에 난 것이 아닌가, 하는 이야기가 오가고 있었습니다."

그 내용도 소문으로 들은 듯했다.

"그리고 그 전후로 해서, CBS는 천화초등학교…… 당시엔 국민학교였죠, 지금은 정부 시책이 된 방과 후 교실 취재를 간 적이 있습니다. 해당 보도는 공중파에도 나간 적이 있었죠."

그건 정진건 역시 기억하고 있었다.

동시에 전국적으로 시행 중인 급식과 더불어 천화초등학교는 전국에 모범 교육기관으로 선정되었고, 해당 학군에 자녀를 등교시키는 학부모들의 콧대가 한동안 내려올 줄 몰랐다는 건 자식 교육에 그다지 열성적이지 않은 정진건일지라도 모른 척 넘기기 힘든 일대 사건이었으니까.

김보성은 정진건의 모습을 살피며 조심스럽게 말을 이었다.

"또, 입 밖에 섣불리 내기에는 조심스러운 것입니다만, 삼광 그룹은 그와 관련한 재보도 이전 압구정 일대에 부동산 시세 차익을 본 적이 있더군요."

"……."

그건 그것대로, 우연치고 다소 공교로운 일이었다.

'설마, 이성진이 성수대교 부실 공사 보도 건에도 연루되어 있었다는 이야기인가?'

정진건이 김보성의 말을 받았다.

"……그렇다면, 채한열 씨와 성진이는 그때 안면을 텄으리란 겁니까?"

"그럴지도 모른다는 겁니다."

김보성은 거기서 억측을 더 나아가지 않고 멈춰 섰다.

하지만 그 전제를 터무니없는 것으로 치부해 버리지만은 않는다는 듯 말을 이었다.

"그러나 만약, 이성진이 채한열 씨와 아는 사이이고……."

김보성은 천천히 입을 뗐다.

"그를 통해 당시 중우일보에 재직 중이던 김기환 대표를 소개받은 거라면, 어떨 것 같습니까?"

"……."

그렇다면.

'……김기환이 중우일보를 퇴사하게 된 계기인, 지금은 공공연한 사실인 기사 검열 때 이미 이성진과 인연이 있었다는 이야기가 되는데……. 설마?'

다른 건 몰라도, 이성진과 김기환 둘 사이를 엮고 들어갔더니 짐작 가지 않는 바가 없는 것이 아니었다.

만약 김보성이 짐작하는 대로 미리부터 김기환과 이성진 사이에 안면이 있었다면, 그들은 진즉부터 한배를 탔던 것이 될 뿐만 아니라 도깨비 신문의 배후에 SJ컴퍼니가 투자자로 있는 것도 얼추 맞아떨어지는 이야기가 됐다.

그야, 김기환도 기자로서 한가락 하는 인물이긴 하지만 어느 날 갑자기 잘 다니던 신문사를 관두고 인터넷 신문이라고 하는 전에 없던 생소한 매체의 대표로 거듭났다는 것보단, 처음부터 이성진이 이 일에 연루되어 그 뒤를 봐주었다는 것이 보다 설득력 있는 이야기일 테니까.

수사가 진행되는 동안 알아낸 사실도 있었다.

정순애와 박강선은 귀국 직후엔 고급 호텔에서 숙식을 해결하며 부족함 없이 지냈다.

처음에는 특종의 냄새를 맡은 중우일보 측에서 모든 비용을 댄 것이라 생각했지만, 사실 그것도 어딘가 미심쩍은 구석은 있었다.

아무리 법인 비용이 눈먼 돈이라고는 하지만, 해외로 이민을 간 정순애와 박강선의 비행기표 값을 대 주고 고급 호텔에서 머물도록 배려해 준 건, 그 정도가 과한 것이다.

그러니 조금 더 합리적으로 생각해 본다면, 해외로 이민을 갔던 정순애와 박강선을 한국으로 불러와 고급 호텔에서 머물게 한 것도, 배후에 이성진이 있었다고 하면 어느 정도 말이 된다.

'더욱이 만일 그렇다고 한다면⋯⋯.'

말인 즉, 이성진은 처음부터 김기환과 손을 잡고 박상대를 실각시키고자 했다는 의미가 되는데, 이 대목에서 정진건은 덜컥하고 걸리는 대목이 있어 사고를 진행하기가 힘겨웠다.

도대체, 일생을 부족함 없이 자라 온, 살아온 날보다 살아갈 길이 훨씬 길고 그 앞길 역시 탄탄대로일 이성진이, 암만 날고 기어 봐야 정치 신인에 불과한 박상대를 실각시켜 얻을 이익은 대체 무어란 말인가.

'⋯⋯무슨 원수지간도 아니고.'

애초에 둘은 면식이나 있을까.

만일 김보성의 가설이 사실이라고 하면, 생각할수록 그 의혹의 안개가 짙어지는 느낌이었다.

'그렇다면 박상대를 공격한 까닭이 뭐지? 이성진을 앞세운 조광과 삼광의 대리전? 아니면 박상대의 장인이었던 최

갑철을 향한 정치 공세?'

그 어느 것도 제대로 와닿질 않았다.

대체 무슨 의도로 이 일을 시작한 건지, 마음 같아선 직접 얼굴을 마주하고 따져 묻고 싶을 지경이었지만…….

'문제는 그럴 수 없다는 거지.'

그제야 정진건은 김보성이 자신을 따로 불러 생각을 나눈 까닭을 알 것 같았다.

이성진은 저래 보여도 어쨌건 국내에서 손꼽히는 대기업 인 삼광 그룹의 장손이었다.

조광을 수사하는 것만 해도 (배후에 최갑철이 힘을 썼겠지만)여론 이 분산되고 제대로 힘을 쓸 수 없는 상황인데, 그 표적을 삼 광으로 향한다?

어불성설이다. 조광 역시 손꼽히는 재벌가라고는 하나, 삼 광과는 급이 다르다.

삼광은 조광처럼 어설프게 연결 고리를 만들어 두지 않았 고, '전관예우 용도'로 꾸릴 변호단만 해도 일개 사단급으로 마련할 수 있을 것이다.

만약 삼광이 마음먹고 나서고자 하면 조광을 향한 수사 훼 방 따위는 아무것도 아닐 정도로 영향력을 행사하는 것도 가 능하리라.

섶을 지고 불에 뛰어드는 것도 정도가 있다.

'그러니 이 이상은 이성진에게 접근하면 안 된다는 건가.'

사이가 비교적 가까운 데다 당사자가 서글서글한 성격이어서 간과하고 있었지만, 깨닫고 보면 결국, 이성진의 존재와 거기에 연루된 여러 정황은 가능한 한 아는 사람이 적을수록 좋은 이야기였다.

그리고 그게 이성진이 바라는 것이 된다고 할지라도, 지금으로서는 그 수밖에 없었다.

게다가 아직은 김보성의 머릿속에서 나왔을 뿐인 가설에 불과했다.

정진건은 '이 모든 것'이 차라리 우연의 일치일 거라고 여기며, 가까스로 스스로를 납득시켰다.

김보성 역시 정진건과 같은 마음가짐일까, 그가 어조를 바꿔 말을 이었다.

"……관련한 쪽은 그쯤 해 두겠습니다."

"……."

"그리고 저는 Y서의 두 형사에 관한 조사가 끝나는 즉시, 조설훈의 소환 조사를 실시할 생각입니다."

이성진 하나만 하더라도 의문이 가득한데, Y서의 조광 전담 형사에 관한 혐의도 현재진행형이었다.

"변한 것은 없습니다. 저희는 저희가 할 수 있는 일을 할 뿐이죠. 설령 저희가 이성진의 의도대로 놀아나는 중이라 하더라도…… 사람이 죽고 그 혐의가 사라진 건 아닙니다."

그렇게 말하며 김보성은 딱딱하게 굳은 얼굴로 덧붙였다.

"특히 조설훈 씨의 경우 카세트테이프를 들어 보니, 얼굴을 마주하고 물어볼 것이 많을 것 같더군요."

정진건은 김보성의 이야기를 들으며 묵묵히 고개를 끄덕였다.

이 사건의 시작과 끝을 쥐고 있는 것이 이성진이라고 생각하면서, 정진건은 사무실을 나섰다.

대한민국 전자 제품의 메카라 불리는 용산 일대는 전생의 이 시기 당시 '마굴'이라 불리던 전생과 완전히 딴판이 되어 있었다.

호객 행위가 아주 없다고는 볼 수 없었지만 '손님 맞을래요'로 대표되는 강압은 찾아보기 힘들었고, 중고등학생의 삥을 뜯는 양아치며 부랑배 등은 자취를 감춘 지 오래였다.

여기에는 경찰의 대대적이고 집중적인 단속도 한몫을 했지만, 개인적으로는 개구리컴퓨터의 영향이 크지 않을까 싶다.

'이걸 그 나름의 자정작용이라고 해야 할지, 뭐라고 할지.'

그 덕분에 다소 음침한 느낌이 있던 용산은 활기와 젊음으로 북적이기 시작했고, 그 정도는 이따금 예전 같았으면 이런 곳에 왜 오는 걸까 싶을 젊은 연인이 데이트 장소로 들르기도 하는 정도로까지 체감되었다.

물론 중심은 용산 전자상가였고, 주 고객층은 전자 제품을 찾는 이들이었다.

'자연스레 인근 상권도 제법 발달했고……. 여윳돈으로 땅을 조금 사 두길 잘했어.'

마음 같아서는 용산 일대 부동산을 모조리 내 것으로 만들고 싶었지만, 전생이나 지금이나 용산 땅 주인들은 여간해선 땅을 팔 생각이 없어 보였다.

그중 내가 가장 큰 영향력을 행세했으리라 생각하고 있는, 박철곤이 사장으로 있는 개구리컴퓨터는 용산 안쪽에서 조립식 컴퓨터를 주로 취급하는 신인상가에서 터를 잡고 출발했는데, 이때 당시 나는 유상훈과 마동철을 앞세워 상가 연합을 집어삼키다시피 한 적이 있었다.

'뭐, 그때 상가 부지의 6할을 사들여 버렸으니, 암만 조합장이라 한들 찍소리도 할 수 없겠지.'

그 자체만으로도 상가 연합이 괜한 시비를 걸어오지 않게 되었으니, 이것만으로도 효과는 충분하다고 생각했다.

'가격 담합이 존재하지 않는다는 것만으로도 시장경제 자체가 안정성을 찾아가게 될 테니까 말이야.'

하지만 거기서 나조차 예상하지 못한 기꺼운 변수가 생겨나고 말았다.

첫째는 조립식 컴퓨터가 양지로 나왔다는 점이었다.

얼마 전 윈도우 출시 이후, 소위 '너드'라 불릴 만한 이들의 전유물로 여겨지던 컴퓨터의 진입 장벽이 낮아지면서부터 그 수요가 폭증했고, 사람들은 자연스레 생애 첫 컴퓨터를 사러 전문 매장을 찾곤 했다.

하지만 컴퓨터는 비싸다.

내가 살던 전생의 근 미래 시절에도 대기업 완성형 컴퓨터를 사는 걸 두고 '호구 잡혔다'고 표현할 정도였는데, 그때도 본체 값만 백 몇십만 원 하던 것이 이 시기에는 몇백만 원을 호가하는 고가품이었으니 이는 여간한 중산층 가정이라 하더라도 엄두를 내기 힘든 물건이었다.

그러나 (내가 획책한 이런저런 일로 인해)전생보다 더 활발해진 컴퓨터 수요는 사람들로 하여금 '일단 기다려 보자'에서 '그래도 어떻게든 한 대 장만해야겠다'는 생각을 하게 만들었다.

궁하면 통한다고, 여기서 '조립식 컴퓨터를 맞추면 완성형 제품보다 몇 분의 일은 싸게 컴퓨터를 살 수 있다'는 정보가 사람들 사이로 알음알음 퍼져 나갔다.

사실, 여기에는 김민혁의 은근한 로비가 통했다.

김민혁은 이따금 나를 대신해 얼굴마담으로 나서서 인터뷰를 해 왔는데, 이때 김민혁은 잡지 기자 등에게 '용산에 가면 값싸게 조립식 컴퓨터를 맞출 수 있다'는 말을 해 온 것이다.

그야 물론, 김민혁 개인은 개구리컴퓨터와 아무런 인연도 없다.

김민혁도 내 휘하의 사람이니 내가 그 회사의 투자자라는 것쯤이야 알고 있겠지만, 그래도 그에겐 SJ컴퍼니의 임원이라는 위치가 더 중했으니 딱히 나를 위해서(뭐, 나 역시도 개구리컴퓨터에 투자 비중은 높지 않다) 그런 말을 한 건 아니었다.

그가 한 건 어디까지나 퍼스널 컴퓨터의 보급률 자체를 끌어올리기 위함으로, 그에 따른 이득은 자연스럽게 SJ컴퍼니 산하의 자회사에 이어진다는 계산이 섰기 때문이었다.

그러다 보니 대중들 사이에 '조립식 컴퓨터'의 존재 자체가 알음알음 퍼져 나갔고, 이를 미심쩍게 보던 사람들은 '막상 써 보니 괜찮더라'는 말을 떠들어 댔다.

특히 얼마 전에는 인터넷에서 파생된 뉴스가 시사와 맞아떨어졌을 뿐만 아니라 그에 대한 영향력을 행사하고 있다는 것이 증명되었다.

사람들은 지금 신기술의 등장에 따른 시대의 변화를 피부에 와닿도록 체감하고 있는 것이다.

'예전처럼 깨닫고 보니 삶 깊숙이 침투해 있더란 것과는 조금 다르군.'

둘째는 마동철이었다.

'조금' 의도하긴 했지만, 개구리컴퓨터가 상가 연합에 첫선을 보이던 당시 인상착의가 모범 시민과는 거리가 멀어 보이던 마동철이 동석했던 것이 제법 주효했다.

때로는 법보다 주먹이 (물리적으로)가깝다고, 그쯤 하면 별도의 연합을 결성해서 무어라 딴지를 걸어왔을 상가 연합 측은 배후에 무장 폭력 단체가 있으리라 '오해'하고 개구리컴퓨터의 운영에 흠결을 잡지 않았다.

뭐, 누군가는 실제로 그런 '단체'가 있었을지도 모르지만 양아치들은 정부가 직접 나서서 단속했으니만큼 찾아보려 해도 찾기 힘든 것이 현실이었다.

그러다 보니 개구리컴퓨터는 다른 상가의 방해 없이 하고 싶은 일을 할 수 있었고, 개구리컴퓨터가 주도해 조립식 컴퓨터의 부품값을 대폭 떨어트려 놓다 보니 현재 불어닥친 컴퓨터 장만 열풍에 힘입어 그들도 지금은 용산을 넘어 전국 각지로 브랜드를 확장해 가는 중이었다.

공정한 경쟁하에 종래의 삥뜯기되던 사태도 없어졌다 보니, 이곳 신인상가를 중심으로 용산 경기는 활성화되기 시작했다.

처음에는 개구리컴퓨터의 독주를 아니꼽게 보던 상인들도 결과적으로는 수익 증대로 이어진 현 상황이 마음에 들었는지, 요샌 별다른 말이 없다며 언젠가 찾아간 박철곤은 싱글벙글 웃는 얼굴로 근황을 전했다.

'내가 이번 생 들어 잘한 일 중 하나야.'

뭐, 퍼스널 컴퓨터의 보급은 내가 하는 일에 있어서도 장기적으로 보면 이익이었다.

단기적으로는 내가 이태석에게 떠안듯이 맡은 완성형 컴퓨터의 판매량 축소로 이어졌지만, 이것도 어디까지나 조립식 컴퓨터의 보급으로 인해 '기댓값에 미치지 못했다' 뿐이지 각 기업이며 관공서 등지는 A/S가 보장되는 삼광의 완성형 컴퓨터를 선호했고, SJ소프트웨어가 퍼블리싱하거나 개발한 소프트웨어는 불티나게 팔려 나갔다.

'그야, 큰 맘 먹고 산 컴퓨터를 빈 깡통으로 만들 순 없으니 팔려 나간 컴퓨터 개수만큼 소프트웨어 수요도 증가하기 마련이지.'

윈도우 역시도 (여전히 불법 복제 프로그램은 성행하고 있지만)그에 못지않게 팔려 나갔고, 그러다 보니 내가 대주주로 있는 한컴도 싱글벙글하긴 매한가지였다.

"오, 꼬맹이 왔어?"

"싸게 해 줄게, 좀 보고 가지?"

나는 (이따금 찾아오곤 했으니)내 존재를 알아보는 상인들에게 눈인사를 하면서 개구리컴퓨터 본점으로 향했다.

개구리컴퓨터 본점은 손님으로 북적이고 있었다.

개구리컴퓨터도 전국구 업체로 성장했으니 박철곤은 이제 회사에 얼굴을 비칠 필요 없이 가만히 앉아서 사장님 행세나 하고 있어도 괜찮으련만, 그는 현장에 나와 직접 고객을 상대하는 일을 그만둘 생각이 없어 보였다.

'어찌 보면 초심을 잃지 않는 바람직한 행태로도 보이지만…… 한편으로는 주어진 위치에서 어떻게 시간을 쓰는 게 더 효율적인지 모르는 것이기도 하지.'

그게 박철곤 개인 의사라면 말릴 생각은 없지만, 자신이 가진 역량과 그릇을 재단하는 것도 중요한 자질 중 하나였다.

'아주 못하는 건 아니긴 한데…….'

나는 박철곤의 역량만으로는 이 사업이 지금 이상은 확장하지 않을 것 같다고 생각하며 가만히 그가 하는 양을 지켜보았다.

"이제 처음으로 컴퓨터를 장만하신다고요. 자녀분은 현재……. 아, 초등학생. 그러면 아주 좋은 건 필요가 없을 겁니다. 저희끼리 하는 이야기지만 컴퓨터 성능이 너무 뛰어나면 게임에 눈이 가기 마련이거든요. 지금은 일단 입문용으로 학교 숙제를 할 정도의 성능만 구비해 두시고……. 예, 알고 있습니다. 이왕 사는 거, 좋은 걸 사는 게 좋죠. 하지만 컴퓨터 성능이라는 게 어제오늘이 다르거든요. 해서 익숙해진 다음에는 나중에 더 좋은 CPU나 하드디스크가 나왔을 때 필요에 따라 교체하는 것으로……."

박철곤은 괜히 덤터기를 씌우려 하거나 하지 않고, 고객의 상황에 맞춰 제품을 추천하는 모양이었다.

그게 고객과의 신뢰로 이어지고, 고객으로 하여금 다시 개구리컴퓨터를 찾게 만드는 것이리라.

이는 많은 사람들이 자각하고 있는 경영의 ABC이자 원칙이지만, 실제로는 제대로 이뤄지지 않는다.

'뭐, 컴퓨터라는 게 사실은 한 번 사고 나면 끝인 게 아니

니까.'

컴퓨터는 사실상 주기적으로 교체와 교환을 해 주어야 하는 제품이다.

이전까지의 패러다임이 '살 때 가장 좋은 걸 사서 오래 쓴다'는 것이었다면, 이제는 자신의 상황에 맞춰 합리적인 소비를 추구하는 방향으로 바뀔 때였다.

그리고 그런 능동적인 조정이 가능한 것이 조립식 컴퓨터의 장점이기도 했다.

'생각해 보면 정진건에게 컴퓨터를 팔아 치웠던 것도 조인영이 독자적으로 만들던 걸 실수로 판 거였댔나.'

달리 생각해 보면 조인영이 자체 제작한 컴퓨터의 완성도가 그만큼 높았다는 것이기도 하지만.

그래도 청계천에 있을 당시 짝퉁을 만들어 팔았다는 자체는 변하지 않는다.

'지금은 그런 부정을 저지를 필요가 없으니 하지 않는 것일까.'

장사꾼의 신념이라는 건 주어진 상황에 따라 달라지기도 하는 것이다.

나는 원칙과 신뢰를 지키며 장사를 하는 이들과 한탕 팔아 치우고 접는 장사꾼 사이에 그렇게까지 큰 간극이 있다곤 보지 않았다.

만일 자신에게 개구리컴퓨터처럼 미래를 향한 비전과 성

장이 보장되어 있다면, 누구라도 박철곤처럼 고객과 신뢰를 쌓는 일을 하지 않을 까닭은 없는 것이다.

'물론 그러지 않은 사람도 부지기수지만, 그런 사람은 애초에 사업을 해선 안 되는 부류지.'

한창 고객과 맞춤 상담을 하던 박철곤은 부품 카탈로그를 찾느라 시선을 돌렸고, 그가 하는 양을 지켜보고 있던 나와 눈이 마주쳤다.

나와 눈인사를 주고받은 박철곤은 상담을 마무리 지은 뒤, 고객을 직원에게 인계하고 내게 다가왔다.

"오, 우리 사장님 오셨는가."

박철곤의 너스레를 나는 미소로 받았다.

"장사 잘하시는데요?"

"뭘, 이걸로 밥 벌어먹고 사는데 이 정도는 해야지."

박철곤은 껄껄 웃어 보인 뒤 목소리를 슬쩍 낮췄다.

"그래도 모니터는 삼광전자 걸로 팔았다."

"저도 들었습니다. 그래도 이왕이면 좀 더 좋은 걸로 추천해 주시지 그랬어요? 저는 컴퓨터게임 유통도 하고 있는데 말예요."

"하하하."

그는 내 농담을 웃음으로 받으며 가게를 둘러보았다.

"네가 보기엔, 이 호황이 쭉 이어질 거 같으냐?"

나는 고개를 끄덕였다.

"예. 사실 컴퓨터 산업은 이제 막 출발선에 선 거라고 생각하고 있거든요."

"하하, 그렇지?"

"……다만, 개구리컴퓨터가 나중에도 쭉 활황일지는 장담할 수 없지만요."

내 덧붙인 대답이 퍽 냉정하게 들렸는지, 박철곤은 얼굴에 드리운 미소를 슬쩍 거둬들였다.

개구리컴퓨터의 성공은 어디까지나 선점 효과와 수요가 상승하는 시기가 맞물렸기에 가능한 일이었다.

동일 업종의 경쟁사가 나타나면 그때부턴 본격적인 돈 싸움이 시작될 것이란 건 당연한 일이었다.

"……뭐, 이대로라도 괜찮다."

하지만 박철곤은 낙관적인 생각을 온전히 떨쳐 내진 않았다.

"지금 상황은 청계천에 있을 당시엔 상상도 못 한 일이었으니까."

그러면서 박철곤은 씩 웃었다.

"게다가 얼마 전에는 인터뷰도 했지 뭐냐."

"인터뷰요?"

"응. 월간 PC의 최기성 기자라고……. 그러고 보니 그 기자가 너 알고 있던데? 혹시 아는 사이냐?"

"네, 알고 있어요."

"오."

최기성 기자라고 하면, 한컴 사무실이 아직 강남에 있을 적에 안면을 튼 사이였다.

당시만 하더라도 윈도우는 MS-DOS의 하위 호환 프로그램이었고, 컴퓨터는 소위 부팅만 할 줄 알아도 도사 취급을 받던 때였다.

그러다 보니 월간 PC라는 잡지도 자연스레 마이너 취급을 받을 수밖에 없었고, 따라서 판매 부수도 기대할 구석이 없었건만 지금은 사정이 조금 달라진 모양이었다.

'불과 몇 년 되지도 않았는데, 격동의 시절이라 그런지 뭔가 휙휙 금세 바뀌는군.'

컴퓨터는 이제 머지않아 찾아올 밀레니엄 시대를 대표하는 산물이자 아이콘이었다.

전생에도 이 시기, 이 정도로 여론이 들썩이지 않았으니 이는 어쩌면 인터넷 신문이라는 새로운 매체가 불을 당긴 걸지도 모르겠다.

'실제로 여러 대형 신문사가 관련 인원을 채용하려고 수배 중이라 했지.'

박철곤이 말을 이었다.

"어쩌다가 이야기가 나왔는가 하면…… 그 양반이 내게 '앞으로 조립식 컴퓨터와 대기업의 완성형 컴퓨터 사이의 전망'을 물어보면서 완성형 컴퓨터의 대표 주자로 삼광전자의 마이티 스테이션 시리즈를 언급하더라고."

"그랬군요."

"그래서 솔직하게 대답했지. '조립식 컴퓨터와 완성형 컴퓨터는 목표하는 시장이 다릅니다' 하고. 또, 우리는 삼광전자에서 만드는 모니터며 하드디스크를 납품받아서 쓰고 있지 않겠냐. 그러니 아닌 말로, 완전한 경쟁 상대는 아니다, 업계의 활황을 일시적인 붐이 아닌 좀 더 장기적인 관점으로 상황을 지켜볼 필요가 있다, 라는 게 내 견해였다."

"맞는 말씀이에요. 조립식 컴퓨터와 완성형 컴퓨터는 각각 장단점이 있고…… 실제로 완성형 컴퓨터를 찾는 고객도 적지 않으니까요."

박철곤이 고개를 끄덕였다.

"응. 게다가 우리끼리 하는 이야기지만, 컴퓨터라는 게 한번 사서 평생 쓰는 물건도 아니지 않냐. 지금도 벌써 기가바이트 단위 하드디스크가 나오는 마당인데…… 나중엔 테라바이트 단위를 쓰는 건 아닐까 싶기도 하고. 하하, 이건 좀 멀리 갔나?"

전혀 아니올시다.

하지만 나는 박철곤에게 예언을 하는 대신 그 말을 농담으로 치부했다.

"그때가 오면 삼광전자도 분발해야겠는데요."

"흐흐, 그때는 내가 호호할아버지가 되어 있겠지만, 모쪼록 잘 부탁하마."

박철곤 역시 테라바이트 단위 용량을 농담 이상으로 생각하지 않는지, 웃는 얼굴로 덧붙였다.

"아무튼 인터뷰 후에, 그 기자가 그러더라고. '오프 더 레코드'라면서, SJ컴퍼니의 이성진 사장과 내 관점이 비슷한 거 같다더라. 상황을 거시적이고 장기적으로 내다본다나."

최기성은 여전히 '오프 더 레코드'란 표현을 즐겨 쓰는군.

"그래요?"

"으음, 그래서 대답했지. 개구리컴퓨터의 투자자는 이성진입니다, 하고."

뭐, 그 정도야 조금만 뒷조사를 해 보면 나올 내용이니까.

"그러더니 뭐라던가요?"

"웃던데? '역시' 하고 추임새를 넣어 가면서."

"그분답네요."

그렇게 짧게 근황을 전한 박철곤은 어조를 고쳐 나를 바라보았다.

"그래, 오늘은 무슨 일이냐?"

"사무실에 가서 이야기를 나눌 수 있을까요?"

박철곤은 고개를 끄덕인 뒤, 점포 안쪽의 개인 사무실로 나를 안내했다.

박철곤은 내게 의자를 권한 뒤, 내가 자리에 앉기를 기다렸다가 입을 뗐다.

"짐작은 간다. 예의 트로피 때문이지?"

"네, 맞아요."

박철곤은 사무실 안쪽을 뒤적여 조광 골프 클럽의 홀인원 트로피를 꺼내 책상 위에 놓았다.

"여기 있다. 이것도 그쪽에 납품하는 회사 거니까, 감쪽같을 거야."

"감사합니다."

"그런데……."

박철곤은 내가 트로피를 가방에 챙기는 걸 물끄러미 쳐다보며 턱을 긁적였다.

"요즘 그거, 유행하는 거냐?"

"네?"

"아니, 어쩌다가 들으니까 그거, 너 말고도 다른 곳에서도 주문을 했더란 이야기를 들었거든."

"……."

짐작은 간다.

'조지훈이겠지.'

박철곤이 어깨를 으쓱였다.

"뭐, 용도는 묻지 않기로 했으니 그러겠지만, 혹시 지금 골프가 유행이라면 우리도 소프트웨어 몇 개 들여놓을까 해서."

말은 그렇게 했지만, 그런 구차한 이유 때문은 아닐 것이다.

'호기심이 고양이를 죽이는 법이지.'

나는 미소를 거두며 박철곤을 보았다.

"모르고 계신 게 나을 거예요."

"……"

"아, 골프 게임을 들이는 건 나쁘지 않다고 생각하지만요."

"……하하."

박철곤은 애써 쓴웃음을 지었다.

"아무튼 전달은 했다. 이만하면 네가 준비하라고 한 재고랑 딱 맞아떨어지니까, 추가분은 필요 없겠지?"

"그럴 거예요. 수고하셨습니다."

박철곤이 손사래를 쳤다.

"아니다. 네가 해 준 거에 비하면야……. 오히려 나도 인맥을 통한 거라 대금도 남았는데, 가져갈래?"

"아니에요. 다음에 컴퓨터 업그레이드할 일이 생기면 그때 서비스 부탁드릴게요."

박철곤은 피식 웃었다.

"그래. 그 한성진이라는 친구가 오면 싸게 잘 맞춰 줄게."

"그래 주시면 고맙겠어요."

용무를 마친 나는 가방을 챙겨 들고 자리에서 일어섰다.

"그럼 바쁘실 텐데 이만 가 보겠습니다."

"그래. 인영이한테도 안부 전해 주고. 작작 좀 부려 먹어.

요새 통 얼굴을 못 봤다.”

“하하, 생각은 해 볼게요.”

박철곤의 농담 섞인 말에 나는 씩 웃으며 돌아섰다가 고개를 돌렸다.

“아참.”

“응, 뭐냐?”

나는 사무실을 둘러본 뒤 말을 이었다.

“조만간 컴퓨터 수요가 왕창 늘어날 일이 있을지도 모르니까, 사업 확장보다는 물량 유통이나 공급에 차질이 없게끔 해 두세요.”

“지금 이상으로? 무슨 일인데?”

어리둥절해하는 박철곤을 보면서 나는 씩 웃어 주었다.

“그런 게 있어요.”

지금도 인터넷은 존재하고 있지만, 아직은 반쪽짜리였고, 대중 일반에게 광통신이 보급되지도 않은 시대였다.

‘하지만 최근 PC 수요가 급증한 데다가 보급도 잘 이루어졌고…… 여론이 심상치 않으니, 어쩌면 전생보다 일찍 광통신망 산업이 시작될 수도 있겠어.’

그렇게 된다면, 머지않아 PC방이 우후죽순 생겨나는 시기가 올 것이다.

‘이때 PC방 프랜차이즈를 확보해 두면, 한동안 쏠쏠하겠는걸.’

관련 프로그램은 물론 SJ컴퍼니의 자회사인 SJ소프트웨어가 만들 예정이다.

'그리고 최택진의 〈리니스〉와 임정주의 〈바람의 왕국〉, 블리자드가 내놓을 〈스타크래프트〉까지…… 미리 준비할 일이 많겠군.'

회사로 돌아가니 업무를 마치고 복귀한 전예은이 나를 반겨 주었다.

"어서 오세요, 사장님."

최근 얼굴을 보기가 힘든 전예은이었지만, 그렇다고 그녀의 본업인 비서 업무에 소홀했다는 건 아니었다.

전예은은 그녀 스스로가 말했던 대로 고등학교 진학을 포기하고 회사 업무에 매진하고 있었다.

그런 그녀에게 검정고시라도 쳐 보는 건 어떻겠느냐고 넌지시 권유를 해 보았더니, 그쪽은 이미 대비하고 있으니 염려 말라는 대답이 돌아왔더랬다.

'뭐, 똑 부러진 애니까 어련히 잘할까마는.'

내 생각을 비집고 전예은이 말을 이었다.

"오늘부터 방학이라고 하셨죠."

"예. 내일부턴 되도록 오전에 출근할 테니 잘 부탁드려요."

"네, 사장님."

그리고 내가 사장실로 들어가자, 그녀는 보고할 것이 많은지 서류를 챙겨 나를 따라 사장실로 왔다.

"부재중이실 동안 발생한 안건으로 몇 가지 보고드릴 게 있습니다."

나는 의자에 앉아 고개를 끄덕였다.

"말씀하세요."

"예, 우선 김민혁 이사님께서 면담을 요청하셨습니다."

"김민혁 이사님이요?"

SJ컴퍼니의 창립 멤버이자 CHO라는 번듯한 직함을 달고 있는 김민혁은 아무래도 아직 초등학생에 불과한 나를 대신해 회사의 얼굴마담으로 활약하고 있었다.

어지간한 일은 내버려 둬도 혼자서 잘 해내는 그였지만, 이따금 내 결재가 필요한 일은 메일을 보내거나 직접 만나 재가를 받고는 했는데, 지금처럼 면담을 요청하는 일은 여간해선 드문 일이었다.

"음……. 그러면 빠른 시일 내에 뵙도록 하죠."

"예, 알겠습니다. 다음은……."

전예은은 메모지에 관련 내용을 끼적인 뒤, 서류를 내려놓았다.

"S&S 측에서 파리 파네의 팝업 스토어를 지방에도 냈으면 한다고 합니다."

"……흠."

파리 파네라.

얼마 전부터 대중들에게 선보이기 시작한 베이커리 브랜드, 파리 파네는 반응도 좋고 마케팅 측면에서도 성공을 거두고 있었지만, 지금으로서는 아픈 손가락이었다.

'모여서 회담까지 진행해 놓고 거기서 해림이 뒤통수를 칠줄은 몰랐으니…….'

해림식품은 S&S의 합작 베이커리 브랜드인 '오늘 구운 빵'의 발표 직전, 앞서 '파리 파네'의 상표 출원 및 등록을 마쳐 두었다면서 신규 브랜드는 '파리 파네'라는 이름으로 론칭해야 한다며 강짜를 놓았다.

'그건 정재훈 회장의 생각이었을까, 아니면 정대성 그놈이 수작을 부린 걸까.'

그 의도와 내막까진 알 수 없었지만, 전생에도 '파리 파네'라는 이름으로 브랜드를 론칭한 적이 있었으니, 나로서는 그 자체가 다소 아이러니했다.

제니퍼는 저들의 일방적인 파리 파네 브랜드 론칭 건에 대해 아는 바가 없었는지, 나를 직접 찾아와서 미안하단 말을 전하기도 했다.

'뭐, 제니퍼가 사과할 일은 아닌데 말이야.'

지금은 제니퍼가 해림식품의 지분에 영향력을 발휘할 수

있는 위치지만, 그게 오롯한 소유권을 손에 쥐고 있다는 의미는 아니었다.

제니퍼가 가지고 있는 건 어디까지나 S&S가 소유한 시저스의 권리 일부였고, 파리 파네(및 론칭하기로 한 오늘 구운 빵)에 관해서는 이렇다 할 권리 행사를 할 수 있는 위치가 아니었다.

정재훈은 해림식품의 회장으로 건재했고, 그는 정대성을 데리고 다니며 후계자 교육을 해 오고 있었다.

'그러니 이번 일이 정대성의 수작질이라 하더라도, 정재훈이 침묵하고 있다는 건 암묵적 승인이 있단 의미인데…….
혹시 떠보는 건가?'

하긴, 이건 생각해 보면 제니퍼에게 무척 유리한 조건이었다.

정재훈의 입장에서 생각해 봐도 (이휘철이 중간에 다리를 놓아주었다고는 하나)이제 와서 SJ컴퍼니와 혈연관계인 신화식품과 함께 손을 잡고 같은 꿈을 꾸는 건 아무래도 조심스러울 수밖에.

'하긴, 제니퍼에게 지나치게 좋은 조건이니 돌다리 한번 두들겨 보는 것쯤이야.'

이 상황에 내가 마음만 먹으면 당고모인 신화식품 측의 이미라를 끌어들여 파리 파네를 집어삼킬 수도 있었지만…….

'그랬다간 해림식품과의 연계는 나가리가 될 거란 말이지.'

자칫하면 전생에서처럼 신화식품도 '에브리 데이'를 가지고 나올지도 모를 일이고.

"신화식품 측 의견은 어떻습니까?"

서류를 보면 알 수 있는 일이지만 나는 구태여 전예은에게 물었고, 전예은은 기대한 대로 막힘없이 대답했다.

"사장님의 결정에 따르겠다고 합니다."

"흠."

이미라에 대한 영향력은 남아 있는 모양이었다.

그 자체는 내가 반길 만한 반응이었으나…….

'……그렇다고 해서 신화식품 측이 이번 사태를 어떻게 생각하고 있을는지는 모르는 일이지.'

나는 잠시 고민하다가 툭 하고 물었다.

"제가 어떻게 했으면 좋겠습니까?"

"……네?"

"이번 일에 관해 예은 씨 생각은 어떨지 궁금해서요."

전예은은 아, 하고 당황한 표정을 고치며 조심스럽게 대답했다.

"저는…… 사장님께서 팝업 스토어 확장 건을 승인해도 괜찮다고 생각합니다."

"그래요?"

"네. 제 생각이지만 해림식품 측이 당초 예정되었던 오늘 구운 빵 대신 파리 파네를 론칭한 것은 해림식품 내부에서 정대성 전무님의 입지를 확고히 하고자 하는 것 이상은 아니라고 판단했습니다."

별 기대 없이 던진 질문이었는데, 생각보다 본격적이었다.

"왜죠?"

"그게…… 정대성 전무님은 해림식품을 식품 회사에 국한하는 것이 아닌, 다른 업종으로 전환을 했으면 하고 바라시는 것 같아서요."

"……."

"……."

"……듣고 있습니다. 계속해 보세요."

"아, 넵!"

전예은은 내가 계속 이야기를 들을 거라고는 생각하지 못했는지, 당황하며 말을 이었다.

"저, 그러니까, 추후 해림식품의 경영권이 정금례 사장님과 정대성 전무님 두 분께 인계가 이루어지고 나면 정대성 전무님은 기존 사업권을 정금례 사장님께 양도하고, 이후 해림 그룹을 홀딩스로 전환, 신규 사업을 시작하실 것이라 생각합니다."

"……흠."

호오.

나야 전생의 정대성이 어땠는지를 알고 있으니 그가 어떤 생각을 하고 있는지 훤히 꿰고 있었지만, 정대성을 평가하는 전예은의 견해는 제법 흥미롭게 새겨들을 만한 것이었다.

'정대성이 식품 사업에는 흥미가 없다는 걸 알아챈 건가.'

실제로, 전생의 정대성은 해림식품에서 금융 부분을 독립, 독자적인 운용을 계획하다가 거하게 말아먹은 전적이 있었다.

결국 빚더미에 앉은 정대성의 회사는 공격적인 성장을 이어 간 제니퍼에 의해 흡수되었고, 해림식품은 HL식품으로 사명을 변경, 완전체로 거듭나게 된다.

'그러고 보면, 전예은도 이 회사에 들어와 몇 달 새에 많이 성장했어.'

이전까지의 그녀가 막연한 직감에 의존해 말을 늘어놓았을 뿐이었다면, 지금은 어느 정도 경영 구도며 방식, 그 행태를 숙지한 상태에서 그녀 스스로 생각을 정리해 들려주고 있다는 느낌이 들었다.

'그중에서 아이러니한 일이라면, 전예은은 지금껏 정재환 회장이며 이휘철을 본 적이 한 번도 없다는 거지만.'

그 회담 때, 공교롭게도 전예은은 회사를 방문한 김민정의 전교회장 포스터를 제작하느라 자리를 비웠다.

만일 그녀가 회사를 방문한 이휘철과 정재환을 보고 '인물평'을 내렸다면, 과연 어떤 식으로 평가를 내놨을까.

그건 궁금하기도 했지만, 한편으로는 이휘철과 만난 적 없다는 것이 안도가 되기도 했다.

'……이휘철에게 무슨 초능력이 있는 것 같지는 않지만,

왠지 모르게 그 비슷한 건 있는 것 같으니까.'

일선에서 물러났다곤 하나, 이휘철은 결코 호락호락한 영감님이 아니었다.

'요샌 조용해서 좋긴 한데, 폭풍전야의 고요 같은 건 아니겠지.'

전예은이 말을 이었다.

"그러니 이번 파리 파네 브랜드 론칭 건은 어디까지나 정대성 전무님 스스로 회사 내에서 입지를 다진 것뿐이며, 추후에는 별다른 개입 없이 정금례 사장님께 기존 여타 식품 사업체를 양도할 것이라고 판단했습니다."

"그렇군요. 잘 들었습니다."

내가 고개를 끄덕이자 전예은은 희미한 미소를 지었다.

"흐음, 그러면 기존에 론칭하기로 한 '오늘 구운 빵'은 어떻게 하면 좋을까요? 그쪽 관련해서도 생각이 있습니까?"

"으음, 그건……."

전예은은 잠시 생각하다가 대답했다.

"파리 파네의 자매 브랜드로 운영하면 어떨까 합니다."

"자매 브랜드요?"

"네, 현재 미국에서는 이른바 건강 관련 상품이 유행 중이라고 합니다. 제 생각에는 머지않아 우리나라에서도 건강식품 및 다이어트와 관련한 수요가 생길 것으로 보이며, 이때 오늘 구운 빵 브랜드를 파리 파네와 다른 방식으로 통곡물,

무가당 건강식을 콘셉트로 삼아 브랜드를 론칭하면…… 어떨까 합니다."

흠, 벌써부터 '웰빙'을 예견하다니.

어쩌면 나는, 생각 이상으로 괜찮은 인재를 등용하고 만 걸지도 모르겠다.

나는 '이래도 괜찮은 걸까' 하고 우물쭈물하는 전예은에게 고개를 끄덕여 보였다.

"좋습니다. 그러면 파리 파네는 엎어진 물이라 치고, 오늘 구운 빵은 예은 씨의 생각대로 진행하기로 하죠."

전예은은 내가 자신의 견해에 긍정적인 반응을 보일 줄은 몰랐는지 눈을 동그랗게 떴다.

"네? 하지만 사장님, 저는 어디까지나 떠오르는 대로 말씀 드렸을 뿐이고……."

"아뇨. 건강에 관한 수요는 항상 있었죠. 아직은 그게 덜 체계적으로, 비과학적으로 퍼져 있었을 뿐입니다. 저 역시 웰빙 사업 쪽은 염두에 두고 있었습니다."

"……웰빙?"

아차. 이 시대엔 아직 그런 용어가 없었지.

나는 나도 모르게 긴장을 풀었다고 자책하며 대수롭지 않은 척 넘겼다.

"신경 쓰지 마세요. 방금 생각난 말이었어요."

"아뇨, 웰빙, 입에 착 감기는 느낌입니다. 추후 캐치프레이즈로 쓸 수 있게끔 제화기획 측에 전달해 두겠습니다."

……뭐, 전예은은 전예은대로 감탄한 모양이니, 됐나.

나는 이어서 몇 가지 안건을 전해 들었다.

"그리고 시저스 2호점의 허상윤 사장님이 새로운 브랜드 론칭과 관련해서 사장님을 뵙고 싶다고 하셨습니다."

흠, 치킨 개발이 얼추 마무리된 건가?

빠를수록 좋은 일이지만, 말이 나오기 무섭게 일이 진행되는 걸 보니, 허상윤도 인물은 인물이구나 싶었다.

"조만간 찾아갈 거라고 전해 주세요."

"네. 아, 그리고…… 저도 와 주었으면 하시던데요."

그렇게 덧붙인 전예은은 그다지 내키지 않는 눈치였다.

아마, 이는 허상윤이 싫다기보다는 그녀를 향한 그의 연심이 부담되기 때문이리라.

'아무튼 피곤하겠어.'

나는 괘념치 말라는 신호로 손을 저었다.

"예은 씨 스스로가 내키지 않으면 참석하지 않아도 괜찮습니다. 신경 쓰지 마세요."

"아, 네!"

그녀는 흔쾌히 고개를 끄덕였다.

'……안 가도 된다니까 너무 좋아하는 거 아니야?'

아무래도 허상윤의 앞길은 멀기만 할 듯하다.

뒤이어 전예은은 회사에서 있었던 일을 요약해서 보고를

마쳤다.

"……이상입니다. 자세한 내용은 메일로 첨부해 두었습니다."

"나중에 확인하도록 하죠. 용건은 끝입니까?"

"네, 그렇습니다."

"수고했어요. 이만 가 보셔도 됩니다."

전예은은 내게 꾸벅 고개를 숙이고는 몸을 돌렸다.

'정말로 그것뿐?'

나는 전예은의 등에 대고 물었다.

"SBY는 요즘 어때요?"

고개를 돌린 전예은이 빙긋 미소를 지었다.

"조만간 빠른 시일 내에 1위를 할 수 있을 것 같습니다."

그렇다면 다행이고.

SBY의 차트 1위 달성은 그녀와 나 사이에 이루어진 모종의 계약 조건 중 하나였다.

만일 SBY가 차트 1위 달성을 하게 된다면, 나는 그녀에게 전폭적인 신뢰를 보내는 것으로.

'……그것도 이제 와서는 조금 새삼스럽군.'

그녀는 이미 비서로서 내 신뢰를 받고 있음에도 불구하고, SBY의 음악방송 차트 1위 달성에 열심이었다.

그렇다는 건, 조건으로 내건 일이 성사된 이후 내게 따로 바라는 일이 있는 걸까.

'설마 임원 자리를 원하는 건…… 아니겠지?'

에이 설마.

내가 더 이상 묻지 않고 고개를 끄덕이자, 그녀는 꾸벅 허리를 굽혀 인사한 뒤 사장실을 나섰다.

책상 앞에 앉아 메일을 체크하고 있으려니, 인터폰이 울렸다.

"예."

─사장님. 김민혁 이사님이 오셨습니다.

김민혁이 사장실로 왔음을 알리는 전예은의 목소리였다.

쇠뿔도 단김에 뺀다더니, 면담 요청에 승인을 하자마자 곧장 나를 찾아온 모양이었다.

"들어오라고 하세요."

달각, 문이 열리고 정장 차림의 김민혁이 들어왔다.

"오셨어요?"

"……."

하지만 김민혁은 들어오자마자, 나를 보더니 다짜고짜 혀를 끌끌 찼다.

"……너도 참 대단하다."

"뭐가요?"

마음 같아선 '왜 시비냐' 하고 묻고 싶었지만.

그러거나 말거나, 김민혁은 자연스럽게 안락의자에 앉아 다리를 꼬고 앉았다.

"성진이 너, 오늘 방학식 하지 않았냐?"

"그런데요."

"그런데 방학 첫날부터 회사에 출근하고……. 이따금 너는 네가 초등학생이라는 자각이 없는 것 같단 말이야."

나는 피식 웃으며 그 맞은편에 앉았다.

"어쩌겠어요, 처리할 일이 많은데."

"그러게, 요즘 조금 바빠지긴 했지."

김민혁은 턱을 긁적였다.

"네가 사장이 아니었으면 분명 아동 착취니 뭐니, 문제가 생겨도 진즉에 생겼을 거다."

헛소리가 길군.

더군다나 어차피 노조도 없는 회사인데, 누가 따지겠어?

나는 미소 띤 얼굴로 김민혁의 말을 끊었다.

"그런데 저를 보자고 하셨다면서요?"

"아, 응."

김민혁은 짧게 고개를 끄덕였다.

"몇 가지 직접 얼굴을 보면서 이야기할 것도 있고 해서."

그는 평소답지 않은 어조로 운을 떼더니 재차 말을 이었다.

"게임챔피언이라고, 혹시 기억하냐?"

"게임챔피언이라면, 저번에 인터뷰한 게임 잡지 말씀인가
요?"

"응, 그래. 거기."

나는 머릿속으로, 월간 PC의 최기성 기자와 함께 서초동
한컴 사무실을 찾아왔던 임세영이란 신출내기 기자를 떠올
렸다.

당시 최기성은 한컴에 볼일이 있어서 찾아왔고, 임세영은
같은 건물을 쓰는 SJ소프트웨어에 용건이 있어서 찾아왔는
데, 몇 년 전의 일이었음에도 불구하고 머릿속에선 마치 어
제 일처럼 생생했다.

'그녀는 내가 사장이라는 건 모른 채, 거기서 빈둥거리고
있던 윤아름과 싸잡아 나를 아역배우로 오해했지.'

당시만 해도 윤아름은 풋풋한 신인 아역배우였는데, 지금
은 또래에서 최고의 몸값을 자랑하고 있으니 묘한 격세지감
이 느껴졌다.

김민혁은 내가 그들과 스치듯 만났을 뿐인 그 당시의 일을
기억하고 있는 걸 조금 신기하다는 듯 쳐다보다가 다시 입을
뗐다.

"거기서 조만간 창간 특집을 준비한다고 하던데, 그때 우
리 SJ소프트웨어 측에서 번들 CD를 제공할 수 있겠냐고 물
어보더라고."

"번들 CD요?"

김민혁이 고개를 끄덕였다.

"응. 철 지나서 안 팔리는 거라도 좋으니까, 적당한 걸로 좀 추려 줄 수 없겠냐고 하더라."

"……."

흠, 번들 CD라.

대한민국 패키지 게임 업계의 몰락을 초래한 원인에는 그 태동기 당시, 본격적인 광통신망 인터넷 보급이 맞물리면서 '와레즈'로 대표되는 불법 다운로드와 더불어 게임 잡지의 무분별한 번들 경쟁도 한몫했다는 게 후기 게이머들의 술회였다.

초창기만 하더라도 게임 잡지에서 제공하곤 하던 번들 CD는 어디까지나 게임 데모를 제공하는 것 이상도 이하도 아니었다.

하지만 어느 순간부터 하나둘, 시대가 지나 잊혀 가던 '고전 명작'이 제공되기 시작하더니 급기야 출시한 지 몇 개월 되지도 않은 게임을 번들로 제공하기에 이른다.

그러다 보니 심지어는 그 직전 호에서 소개한 최신 게임이 다음 달에 버젓이 실리기도 했고, 나중에는 너나 할 것 없이 '번들 CD' 경쟁 체제로 돌입하고 만다.

당시 게이머들이라고 하면 대부분이 용돈을 받아 쓰는 초 · 중 · 고등학생이 태반이었고, 이들에게 몇만 원을 호가

하는 패키지를 사느니 8~9천 원에 불과한 게임 잡지를 사는 것이 훨씬 큰 이익이었음은 두말할 나위도 없다.

소비 심리라는 것이 참 묘하다.

그야, 소비자 입장에서는 호재였지만 장기적으로 볼 때, 이후 닥친 여파를 감안하면 마냥 좋은 일은 아니었다.

'아랫돌 빼서 윗돌 괸 격이었지.'

우선, 게임 잡지의 퀄리티가 저하했다.

어떤 특집 기사를 쓰건, 또 아무리 알차고 좋은 기사를 싣는다 한들, 게임 잡지의 판매 부수를 결정하는 건 결국 '그달에 제공하는 번들이 무엇인가'로 귀결되었고, 게임 잡지 입장에서도 다른 경쟁사들과 대항해 더 좋은 번들 CD를 제공하기 위한 치킨 게임에 들어갔다.

그에 따른 예산 삭감은 잡지에 들이는 수고로움의 감소로 이어졌고, 나중에는 이게 무슨 게임 잡지인지, 싸구려 포르노 잡지인지 모를 만큼 얇아지기에 이르렀다.

다음은 기대 비용의 저하였다.

게임 패키지의 정가는 몇만 원을 호가한다. 이 가격 책정은 개발자들의 흘린 피와 땀에 값을 매긴 것이다.

그들이라고 땅 파서 먹고사는 것이 아닌 만큼 그 정도 값은 받아야 생계를 이어 나갈 수 있으니까.

더군다나 게임 업계는 밑 빠진 독에 물 붓는 바닥이다.

날이 갈수록 컴퓨터 성능이 좋아지고, 소비자의 눈도 높아저만 간다.

게임 제작사는 그런 소비자들의 기대 심리를 충족시키기 위해 끊임없이 공부하고, 새로운 기술을 습득하며, 예전에 제작한 게임보다 월등한, 그러면서 동 시기 출시되는 다른 게임과도 경쟁을 치러야 했다.

'소비자층의 용돈에는 한계가 있으니 말이야.'

그뿐일까, 게임은 하루아침에 만들어지지 않는다.

게임을 하나 만드는 데는 적잖은 기한이 필요하며, 여기에 드는 기한상의 인건비 및 유지 비용만 하더라도 만만치 않다.

게임 제작사는 업계에 발을 들인 이상, 끊임없이 쳇바퀴를 돌려야 하는 굴레에 빠진다.

그러니 '패키지 가격 몇만 원'이라고 하는 건, 제작사 입장에선 합리적인 가격 책정인 셈이었다.

하지만 게임 잡지에서 제공하는 번들 가격에 익숙해진 게이머들은 소위 '정가'에 시들해지고 만다.

여기서부터 악순환이 시작된다.

예전에는 '고전 명작'이라 불리던 것이 번들로 제공되었으나, 게임 잡지 간의 경쟁이 치열해질 땐 그들도 이 치킨 게임을 이어 가기 위해 무리를 해서라도 보다 최신의, 평가가 높은 게임을 찾게 된다.

그러다 보니 새롭고 재밌고 퀄리티까지 보장된 신작 게임이 출시되더라도, 소비자 입장에서는 '이건 언제 번들로 나올까' 하는 생각을 하게 되는 것이리라.

그러면 결국 악성 재고를 견디다 못한 게임 제작사들은 그들이 들인 수고로움의 절반에도 미치지 못하는 헐값에 라이센스를 팔아 치우고, 게임 잡지는 그렇게 사들인 게임을 번들 CD로 제공한다.

그건, 결국 제 살 깎아먹기였다.

고생고생 해 가며 게임을 만들어도 패키지는 팔리지 않고, 개발자들은 하나둘 저질 게임을 양산하게 된다.

설령 팔리지 않더라도, 언젠가 게임 잡지 번들로 팔리면 본전은 건지는 것이니, 그들이 받을 로열티만큼만 수고를 들이면 되는 일이다.

하지만 소비자의 눈은 그렇지 않았다.

그 시기엔 문화 수입 규제가 풀리며 알게 모르게 해외 유명 게임을 고스란히 베껴 만들어 왔던 것들이 조롱거리로 전락하고, '스타크래프트'를 비롯해 '디아블로2' 등으로 눈이 높아진 소비자들의 시선은 그들이 내놓은 게임이 과연 그만한 값어치를 하는가에 대한 의문으로 이어졌다.

대충 만든 게임은 먹히지 않는 시대가 오면서 그때는 더 이상 신토불이 마케팅도 먹히지 않았고, 이제 해외 AAA급 게임과도 경쟁해야 하는 국내 게임 개발사들은 하나둘 문을 닫고 업계를 떠나게 된다.

그러다 보니 잡지사는 이 치킨 게임을 이어 가기 위해 해외 게임을 수입해 유통하는 유통사와 딜을 해야 했다.

'내가 하지 않으면 남이 하게 되는' 이 벗어날 수 없는 굴레에서, 번들 CD 제작 단가는 높아져만 가는데 파이는 변함이 없다.

급기야는 이 사태의 폐단을 자각한 게임 잡지사 측에서도 '더 이상 번들 CD를 내지 말자'는 일종의 담합을 하게 되는데…….

하지만 세상, 뜻한 바대로 이루어지기만 할 리가 없다.

강제력이 없는 협의는 소위 게임 이론에서 말하는 '죄수의 딜레마'를 불러왔고, 누군가는 다시 번들 CD를 제공하기 시작했다.

이 배신에 다른 잡지사는 더 뭉치기는커녕, 다시 번들 CD 경쟁에 불을 붙인다.

그 치킨 게임에서 살아남은 게임 잡지사에게도 호재는 오지 않았다.

그때가 오면 이미, 시대는 완전히 온라인의 시대로 넘어간 뒤인 것이다.

정보는 인터넷에 널려 있었고, 게임 잡지의 밥줄이었던 '공략'을 참조할 필요도 없어진다.

결국 부랴부랴 온라인 구독으로 방식을 바꿔 본들, 패러다임의 전환과 함께 몰락은 예정되어 있는 것이었고.

그렇게 2000년대 초중반까지만 해도 게임 잡지의 전성기라 불리었던 그 시대는 결국, 이 치킨 게임을 버티지 못한 게임 잡지가 하나둘 폐간하기 시작하면서 국내 패키지 게임 업계의 태동기이자 황금기와 함께 그 짧은 시대의 막을 내리게 된다.

결국 국내 게임 제작사들이 너나 할 거 없이 온라인 게임 시장으로 뛰어든 것이며, 나중엔 스마트폰의 보급으로 모바일 게임 시장에 눈을 돌린 것은 몰락한 국내 패키지 시장 업계와 무관하지 않을 것이다.

그렇다고 해서 온라인 게임이 패키지 게임의 마이너한 대체제에 불과하다는 의미는 결코 아니다.

내가 몸담았던 시기에는 중국 및 일본 게임에 밀려났지만, 한때 중국 판호가 막히기 전만 하더라도 국산 온라인 게임의 부흥기와 맞물리며 조 단위의 매출을 올리는 국산 온라인 게임도 있을 정도였다.

그러나 내 생각에 그건 어디까지나 일치감치 온라인 게임 시장 쪽으로 눈을 돌린 국내 게임 개발사의 선점 효과에 가까운 것이었고, 나중엔 역으로 대규모 자본을 등에 업은 중국 게임의 역습으로 돌아와 그들이 세계 모바일 게임 시장을 석권하기에 이른다.

물론 국내 패키지 게임 시장의 몰락은 오롯이 게임 잡지의 번들 경쟁에서만 비롯한 것은 아니었다.

거기에는 복합적인 요소가 작용했고, 동 시기에 나와 근

미래에 이르러서는 대한민국의 민속놀이라고 불리는 '스타크래프트'는 기록적인 판매량을 거두기도 했다.

그렇다고는 하나, 번들 경쟁이 초래한 그 책임을 마냥 부정할 수는 없는 노릇이었다.

'……나는 지금 그 기로에 서 있는 건가.'

언젠가는 그날이 올 줄 알았지만, 내가 예상하던 것보다 시기가 빨랐다.

'한편으론 그만큼 가정용 컴퓨터 보급이 늘어났단 의미이기도 하겠지만…….'

이 일이 시간문제인 것도 사실이었다.

나는 어조를 고쳐 김민혁에게 물었다.

"형 생각은 어때요?"

"뭐, 상관없지 않나?"

김민혁은 내 말을 대수롭지 않게 받았다.

"우리야 재고 쌓인 거 어떻게든 팔아 치우기만 하면 되는 거니까. 오히려 마케팅 측면에서는 나쁘지 않다고 보는데? 뭐, 다른 회사 이야기이긴 하지만, 윈윈 아니냐? 소비자는 싼 값에 게임을 구할 수 있어서 좋고, 우리는 번들 제공에 따른 로열티를 벌고, 잡지사는 잡지사대로 판매 부수를 올려서 좋고."

김민혁의 생각도 단기적으로는 타당했다. 아니, 나도 전생의 경험이 없었더라면 이를 흔쾌히 받아들였을 것이다.

하지만.

"저는 반대예요."

내 대답에 김민혁은 고개를 갸웃했다.

"엥? 왜?"

"무어라 콕 짚어 말하긴 어렵지만……."

번들 CD의 공급으로 말미암은 나비효과의 파급은 이 자리에서 설명한다고 한들 김민혁이 알아들을 만한 것이 아니었다.

'차라리 소설을 써라' 하는 종코나 안 들으면 다행이리라.

'물론 김민혁이 사장인 내 앞에서 대놓고 그런 표현은 않겠지만, 속으로라도 그렇게 생각하겠지.'

나는 자세를 고쳐 앉았다.

"형, 요즘 제가 일산출판사 인수를 준비 중인 건 알고 계시죠?"

김민혁은 내 말에 고개를 끄덕였다.

"알지. 너 회사 창립할 때 자금이 거기 전자대백과사전에서 나오지 않았냐. 뭐, 지금은 그쪽도 몸이 바짝 달아올랐던데. 그나저나 그거랑 이번 일이 무슨 상관……."

킬킬 웃으며 말하던 김민혁은 나를 따라 자세를 고쳐 앉았다.

"아, 혹시 인수 후에 새로운 게임 잡지 창간이라도 준비하고 있는 거냐?"

"네, 그러니 새삼 나중에는 경쟁사가 될지도 모를 곳에 보탬을 줄 필요는 없잖아요?"

김민혁이 고개를 갸웃했다.

"그러냐. 흐음, 왠지 너답지 않단 생각은 드는데……. 아니, 방금 말은 못 들은 걸로 쳐."

김민혁이 표정을 조금 진지하게 고쳐 말을 이었다.

"그러면 네가 일산출판사 인수 후에 신규 게임 잡지를 만든다고 치고, 혹시 너는 거기에 장래성이 있다고 보는 거냐?"

방금 나온 화제였음에도 불구하고 김민혁이 지적하는 바는 예리한 편이었다.

'저들과 친한 것처럼 보였지만, 한편으론 냉정하군.'

그의 말마따나 내가 벌여 둔 일에 비하면 게임 잡지는 큰 돈벌이가 되는 사업은 아니었다.

'게다가 이쪽은 아무 노하우도 없고.'

문화, 예술 등 형이상학적인 일을 하는 바닥일수록 기득권의 텃세가 심하다.

내가 새로운 회사를 설립하는 대신 구태여 이런저런 수를 써 가며 일산출판사를 인수하려는 것도 이와 완전히 무관하지는 않아서, 이들은 인맥을 통해 검증된 인재가 인맥으로 일을 받고 인맥을 통해 납품을 한다.

그러다 보니 문화 예술계는 소위 그 바닥에서 오래 붙어 있었던 '협회장'이란 인물의 입김이 강하기 마련이었다.

당장 SJ엔터테인먼트 쪽만 하더라도 그 바닥의 고인물이랄 수 있는 바른손레코드의 백화윤이 소매를 걷어붙이고 나서 주지 않았더라면, 이렇게까지 잘 풀리기도 힘들었을 것이다.

'윤아름의 방송가 일뿐만 아니라 SBY가 앨범을 내는 일만 하더라도 순탄치 않았겠지.'

방송국 관계자를 통해 스케줄을 배정받고, 프로그램을 편성받는 것 역시 마찬가지였다.

통통 프로덕션이 외주를 맡은 신규 프로그램 역시도 그 전신이 다름 아닌 TBS였기에 기름칠이 가능했던 것이 컸다.

거기엔 지금은 문을 닫은 TBS, 그 공채 시절의 인재들이 현 방송가의 굵직한 원로며 중임을 맡고 있었던 것이 주효했다.

아무것도 없는 맨바닥에서 스스로가 트렌드가 되는 건 요원하다.

무슨 일이든 자신의 상품, 소위 말하는 재능이 무대에 올라 대중의 시험대에 오르려면, 일단 시험대에 오른다는 1차 관문부터 통과해야 하는 것이다.

거기에는 많은 운과 흐름이 필요했다.

내가 해 온 것은 그에 따른 운과 흐름이라는 요소를 축약시켜 1차 관문이라는 좁은 문을 열쇠로 열어젖힌 것에 불과했다고 할 정도였으나, 사실은 문화 예술계에 한해선 그게 내게 주어진 가장 큰 자산이었다.

김민혁도 내가 말한 그 선결 조건, 즉 일산출판사를 인수하는 일에 제반 사안이 모두 포함되어 있었으니 그 부분은 구태여 입 밖에 내지 않았지만…….

'전생의 근 미래에는 '인맥하면 김민혁'이라고 할 정도의 위상을 차지하고 있었지만, 그 스스로는 그에 대해 부정적인 모습이군.'

나는 속내를 내색하지 않으며 미소 띤 얼굴로 대답했다.

"국내 게임 시장 자체는 수요가 증가하는 추세잖아요. 앞으로는 그에 따른 부차적인 요소, 즉 외적 요인의 성장도 겸하게 될 거라고 봐요."

김민혁은 턱을 긁적였다.

"흐음……. 뭐, 네 말대로 되기는 하겠지. 일단 가정용 PC 보급이 늘어나는 추세인 데다가 그에 비례해서 게임 소프트웨어 수요도 늘어나고 있으니까. 하지만."

그는 다시금 진지한 어조로 말을 이었다.

"그 바닥은 결국 성장 한계성도 뚜렷한 데다가 뭐냐, 업계 자체의 카니발라이제이션이 일어날 여지도 커. 그뿐이냐? 잡지에 실리는 기사도 겹치는 일이 많아지겠지. 기껏해야 PC나 콘솔, 두 축으로 나눌 수나 있을까…… 그것도 전문적으로 밀고 나가면 이야기는 또 시장 축소 쪽으로 갈 테고."

"잘 아시네요."

김민혁은 심드렁한 얼굴로 어깨를 으쓱였다.

"명색이 SJ컴퍼니의 CHO잖아. 이래저래 많이 싸돌아다니곤 있지만 그것도 업무 관련 일이고, 나도 마냥 놀고 있지는 않는단다. 얼굴마담 노릇이라도 잘하려면 화제가 끊이지 않게끔 다방면을 두루 잘 알아 둬야 하는 건 당연하지."

그 부분은 과연 김민혁이라고 할 만한 부분이었다.

아직 젊은 나이임에도 불구하고 사고가 제대로 박혀 있다.

'일찍 주워 두길 잘했어.'

그러거나 말거나, 지금 김민혁은 내 의견에 반대하는 입장이었다.

"들으니 그쪽도 이제 슬슬 레드오션이 될 조짐이 보이더라고."

레드오션.

이번 생에선 내가 전파한 용어가 주변 인물들에겐 착실히 정착해 있었다.

김민혁이 말을 이었다.

"성진이 너도 알다시피 지금 대세는 컴퓨터 아니냐? 그러다 보니 갑작스레 컴공과 수요가 늘어서, 그쪽 인력 몸값도 높아지고 부르는 게 값이 된 지경이야. 들으니까 내년 학과 티오도 여타 메이저 학과에 꿀리지 않을 정도라니까…… 다른 건 말할 것도 없지. 뭐, 개구리컴퓨터가 잘나가는 만큼 여타 완성형 컴퓨터를 취급하는 세경이니 경진 같은 중소기업도 확장세고, 관련주는 폭등하고 있어."

김민혁은 입맛을 쩝쩝 다셨다.

"게다가 정부 측은 늘어난 수요에 맞춰서 광통신망 보급에도 박차를 가하는 중이고…… 조만간 수도권이며 신도시를 중심으로 광통신망을 시험 적용하겠다는 이야기가 나오더라. 그때가 되면 이 붐이 사그라지기는커녕, 2차 IT산업 붐이 터지겠지."

전생에는 90년대 말에서 2000년대 초에 걸친 IT붐을 김민혁은 '2차 IT산업 붐'이라 일컬을 정도로 컴퓨터 관련 시장이 확장세란 듯했다.

김민혁은 내 얼굴을 살폈다가 의자에 등을 기댔다.

"네가 그런 붐에 편승해서 반짝 벌어 보겠다면 모르겠지만, 붐은 어디까지나 붐이야. 너도 알다시피 어떤 바닥이든 성장이 한계치에 이르고 나면 그때부턴 안정기에 접어들어서 '살아남은 자가 강한 자다' 하고 떠들게 될 테지. 물론 그 과정에 불필요한 지출이며 수익 감소는 두말할 나위도 없고."

"……."

"내 생각에는 네가 게임 잡지 쪽에 직접적으로 관련되기보단, 지금처럼 간접적으로 그들을 이용하는 편이 기회비용 측면에서나 장기적 관점에서나 나을 것 같은데, 어떻게 생각해?"

인정할 건 인정해야겠다.

나는 김민혁이 아직 20대에 불과한 것을 말미암아 그를 조금 얕잡아 보고 있었던 것 같다.

'유입되는 정보량이 많아서일까.'

그는 내 생각 이상으로 멀리 장래를 내다보고 있었다.

'……그렇다고 해서 번들 대란으로 말미암은 국내 패키지 시장의 몰락이라는 나비효과까진 생각하지 못하는 것 같지 만.'

나는 일단 김민혁의 말에 고개를 끄덕였다.

"저도 형 생각에 동의해요. 현재 IT 시장은 전례가 없을 만큼 성장세죠. 그에 따른 인력 수급도 하늘의 별 따기일 테고, 추후 광통신망 설치로 인터넷 공급이 수월해지게 되면 시장은 지금보다 훨씬 더 커지게 될 거예요."

"그렇지? 내 생각이 바로 그거라니까."

김민혁인 내 인정을 받는 게 무척이나 기분이 좋은지, 입 꼬리를 씩 올렸다.

"그런 마당이다 보니 여기저기서 IT산업계에 숟가락을 얹으려는 부류가 나타날 테고, 그건 게임 잡지 쪽도 마찬가지야. 냉정하게 말하자면 별다른 전문성 없이 접근이 가능한 일이니만큼 진입장벽도 낮겠지. 단기 수익을 목표로 한다면 거기에 드는 인적 자원이나 쌓아 올릴 노하우가 아깝고, 그렇다고 해서 마냥 손 놓고 있으면 이 기회에 편승하지 못한 기회비용이 아쉬워. 여러모로 골치 아픈 문제긴 하겠군."

"……."

김민혁은 내 침묵을 보며 잠시 생각에 잠기더니 고개를 저었다.

"뭐, 굳이 네가 하겠다고 하면 짐 싸 들고 말릴 생각까진 없어. 너니까 어련히 알아서 잘하겠지. 지금까지 그래 왔고, 앞으로도 그럴 거 아니야?"

김민혁은 그렇게 말하며 씩 웃었다.

'뭐, 그쪽은 생각해 둔 바가 있긴 한데.'

어차피 나중에 벌어질 번들 대란에서 본격적인 치킨 게임이 벌어져야 한다면, 내 쪽에서 적극적으로 시장을 통제해 볼 심산이긴 했지만…….

'그러려면 일단 게임 잡지를 하나 가지고 있어야 일이 편해지는 것도 사실이고.'

그래도 김민혁의 말은 어딘지 모르게 '일단 내려놓는다'는 느낌이 물씬했다.

그때 노크 소리가 들려서 김민혁과 나는 대화를 멈추었다.

"실례하겠습니다."

전예은이 다가와 우리가 앉은 자리에 다과를 놓은 뒤, 얌전히 물러났다.

김민혁은 그런 전예은에게 꾸벅 고개를 숙인 뒤, 싱글벙글 웃으면서 차를 한 모금 홀짝였다.

"이제 특채로 고용한 네 비서도 얼추 자리를 잡은 거 같은데?"

"그래요?"

"응, 업무도 곧잘 하고…… 아직 고등학생…… 나이랬나?"

"진학에는 뜻이 없다지만, 원래는 그럴 나이죠."

"아직 어린데도 참 야무져. 뭐, 네 앞에서 할 말은 아니지만."

그야 그렇겠지.

"아무튼 덕분에 네 비서실장인 선희 누님도 덕분에 일이 편해졌다면서 좋아하더라. 일처리도 꼼꼼하고 야무지다나."

재간에 밝은 김민혁답게 그는 윤선희를 누님, 누님, 하고 부르며 잘 따를 뿐만 아니라 그녀와 교재 중인 내 재종 이남 진과도 친분이 두터운 편이었다.

'어떻게 보면 나보다 더 친한 거 같기도 하네.'

그건 내 사회적 위치 때문일까.

인물평 이야기가 나와서 이야기지만, 김민혁을 평가하는 전예은의 인물평도 제법 호평이었다.

'얼핏 경박한 듯하지만 속내는 그렇지 않다……고 했나. 내가 전생부터 봐 온 김민혁에 대한 인물평과 부합했지.'

김민혁이 문득 생각났다는 듯 말을 꺼냈다.

"아, 그거 들었냐?"

"뭘요?"

"남진이 형님이 프러포즈를 준비 중이라던데."

나는 눈을 껌뻑였다.

"처음 듣는데요."

내 말에 김민혁은 쓴웃음을 지었다.

"야, 야, 너는 어째 남진이 형님이랑 친척이라는 녀석이 나보다 모르냐……. 아니, 뭐, 모를 수도 있겠네. 아무리 그래도 너 같은 꼬맹이랑 상담할 내용은 아니니까."

이럴 때는 또 꼬맹이 취급인가.

뭐, 그거는 어쩔 수 없지만.

내가 군말 없이 차를 홀짝이려니, 김민혁이 툭 하고 중얼거렸다.

"아, 그렇게 되면 선희 누님은 어떻게 하려나? 회사 관두려나?"

"네?"

내가 직접 삼광 본사에서 기를 쓰며 빼 온 인재인데?

게다가 창립 멤버이기도 하고.

"그 왜, 보통 그렇잖아. 여자들은 결혼하고 나면 회사 관두고들 하니까."

내가 몸담았던 전생의 근 미래엔 맞벌이가 상식인 이야기였지만, 이 시대엔 아직 맞벌이가 보편적으로 정착한 이야기가 아니었다.

'일 욕심이 많은 윤선희가 결혼을 이유로 퇴사를 고려하리란 생각은 들지 않지만…….'

만에 하나, 혹시 모를 일이다.

나는 부정적인 생각을 떨치며, 생각한 바를 내색하지 않으려 미소로 말을 받았다.

"그건 그때 가서 상담해 봐야죠. 그렇다고 지금 '남진이 형이 프러포즈를 준비하고 있다는데, 회사는 계속 다니실 건가요?' 하고 물을 수는 없잖아요?"

"⋯⋯응. 그랬다간 남진이 형 얼굴이 아주 볼만해질 거다."

"하지만 저도 비서실장님은 놓치고 싶지 않거든요."

"하긴, 선희 누님 일 잘하는 건 워낙 정평이 나 있으니⋯⋯."

고개를 주억거린 김민혁은 이어서 혼잣말을 중얼거렸다.

"가능하면 나가는 일 없이 한 회사에 쭉 오래 있는 게 좋지. 아무렴."

응?

뭔가 뉘앙스가 묘한데.

김민혁은 진지한 얼굴로 나를 보더니 어조를 바꿔 말을 이었다.

"그러고 보니까, 내 임원 계약 갱신일이 조만간이지?"

그러잖아도 김민혁이 사내 메일로도 의견을 내놓을 수 있는 게임 잡지 번들 문제로 긴히 나를 면담하려 하진 않았을 거란 생각이 들던 차였다.

그렇다고 이남진의 프러포즈 계획을 누설하려고 찾아온

것도 아닐 테고…….

'달리 무슨 문제라도 있나?'

연봉을 올려 달라는 건가? 김민혁은 지금 그 또래와 비교할 수도 없을 정도의 연봉을 챙겨 가고 있는 판국인데.

……설마, 다른 곳에서 스카우트를 받은 건?

내가 생각하는 사이, 김민혁이 말을 이었다.

"있잖냐, 다름이 아니라…… 나 다음 재계약은 없는 걸로 해 주라."

퇴사? 지금 퇴사를 하겠다는 건가?

'내가 너를 어떻게 키웠는데!'

나는 표정 관리를 하려고 애쓰면서 사무적으로 물었다.

"무슨 일 있나요? 혹시 회사 방침에 무언가 불만 사항이 있으시다면…….."

"아니, 그런 게 아니야. 회사는 최고지. 이만한 회사는 다른 어딜 가도 찾기 힘들 거야. 그게 아니라…….."

김민혁은 그 스스로도 말하기 껄끄럽다는 듯, 한편으로는 이런 문제를 내 앞에서 꺼내는 것 자체가 어색하다는 듯 머리를 긁적였다.

"……슬슬 군대 문제를 해결해야 할 때라서."

아.

군대.

건장한 대한민국 남성이라면 피해 갈 수 없는 문제가 김민혁에게도 찾아온 것이었다.

'나 참, 김민혁에겐 그런 문제가 있다는 걸 깜빡하고 있었군.'

내가 김민혁의 군 복무 문제를 깜빡하고 있었던 건, 전생의 내가 미필이었다는 것도 한몫했을 것이다.

전생의 나는 10대 시절 이성진에 의해 한쪽 다리를 절게 되었고, 장애 판정을 받아 자연스레 군 복무에서 면제되었다.

몸이 자유로운 채 살아간 날보다 다리에 장애를 겪고 살아온 날이 더 길었다.

그렇게 몇십 년간 한쪽 다리를 절었던 탓인지 지금도 그 습관은 이어져 의식하지 않으면 나도 모르게 주변 사물을 짚거나, 잠에서 깨어 침대에서 몸을 뺄 때면 무의식중에 전생 때 주로 쓰던 다리가 먼저 빠져나오곤 했다.

'습관이란 쉬이 고쳐지질 않더군.'

다리를 절기 전까지만 해도 나는 나를 하인처럼 부리려는 이성진과 사사건건 부딪쳤고, 그에게 굴종하지 않으려 맞섰다.

그 저항과 반항에는 당시 내가 사춘기였던 것도 한몫했을 것이다.

그리고 이성진 역시도 사춘기였다.

모든 것이 제 뜻대로 이루어지던 이성진에게는 그런 내가 고까웠으리라.

그날, 내 다리가 영구적인 장애를 안고 살아가야 한다는 의사의 판정이 떨어지고 나는 이성진을 향한 증오심에 몸 둘 바를 몰랐다.

「야, 한병신.」

　그러고도 이성진의 태도는 여전했고, 그에겐 나에 대한 미안함은커녕 드디어 나를 꺾었다는 승리감만이 있을 뿐이었다.

　하지만 몸이 꺾이면 정신도 거기에 영향을 받게 되는 걸까.

　다리를 절게 된 이후 나는 이성진을 향한 증오심보다 더 강한, 나를 옭아매는 일종의 속박에 묶여 그가 내리는 채찍, 그리고 이따금 찾아오는 당근의 감미로움에 취해 갔다.

　바깥에서는 나 혼자 운동을 하다가 다친 것으로 되어 있었지만, 그 집안에서도 내 장애가 이성진에 의한 것임을 모르지는 않은 듯했다.

　그러나 이 일이 '사건'으로 불거지지 않은 건, 어렴풋이 눈치를 채고도 쉬쉬하는 주변 반응과 아버지의 직장을—동시에 거기 딸린 군식구인 한성아까지—지켜야 한다는 어리고 약한 내 마음 때문이었다.

「한병신, 네가 떠든다고 해서 뭐가 바뀔 거 같아? 이 일이 알려져 봐야 네 아버지가 잘리고 너네 가족은 거리로 나앉는 꼴밖에 더 되겠어?」

이성진은 그렇게 말했다.
그의 말은 일견 타당하게 들렸다.
삼광 그룹의 장손이 개망나니라는 사실은 다들 알음하는 상황이었고, 그러고도 그를 터치하는 인물은 존재하지 않았다.
지금 생각해 보면, 만약 내가 이성진의 린치에 의해 다리에 장애가 생겼다는 것이 알려질 경우 그 집안에서도 입막음 비용을 포함해 어느 정도 치료비와 위로금 등 나름의 조치를 취하긴 했을 것이다.
하지만 그 시절에는 이태석 일가도 멀쩡하지 않았다.
좀 더 정확히 말하자면, 집안이 더 이상 '가정'으로서 역할을 수행하지 못하기 시작할 즈음이었다.
이휘철의 사후 이태석은 당시 불어닥친 회사의 위기와 더불어 분열되는 삼광 그룹을 다잡기 위해 회사보다 집에 붙어 있는 시간이 더 길었고, 사모는 우리에게 무관심했다.
사모의 경우, 그녀가 애정을 쏟는 대상이 아니면—또 그 호감을 가진 대상이 일정 선을 넘는다고 판단했다면—끝없이 냉정해질 수 있는 인물이었다.
더욱이 그때, 안동댁 아주머니가 곗돈을 날리고 남편의 치료비를 대기 위해 집안 공금에 손을 댔다가 해고를 당했던 시기가 겹쳤다.

예전부터 사모는 내게 어려운 사람이었다.

그렇다고 해서 전생의 사모가 아주 기계적이고 냉정한 사람이었다는 의미는 결코 아니다.

다만 그녀는 나나 한성아를 어디까지나 '고용인에게 딸려 온 군식구'로 취급했고, 그에 따른 관계 역시 어린 내가 느끼기에도 사무(社務)적인 성격이 짙었다.

고용인과 피고용인 사이의 적절한 선을 지키는 것, 그건 나쁘지 않다. 지금도 그런 그녀의 태도는 사모의 위치에서 짐작건대 바람직했다고 여기고 있다.

하지만 그건, 그녀가 이성진이며 이희진을 대하며 과도하게 애정을 쏟던 간극과 맞물려 우리 남매에게 더 큰 낙차로 느껴졌고 그녀를 차갑고 냉정한 사람으로, 우리를 언제든 밖에 내놓을 수 있는, 집 안에 놓인 가구쯤으로 취급한단 느낌을 받게 만들었다.

그렇다고 해서 그녀를 탓할 일은 아니다. 사모가 우리 남매에게 애정을 쏟아야 할 의무는 없으니까.

게다가 이번 생과 달리 전생의 한성아는 민폐를 끼쳐선 안된다는 당시의 내 훈육으로 인해 애교를 부리는 일 없이 집안에서는 늘 조용했고, 때론 무표정하기까지 했다.

나 역시 한성아와 다르지 않아서, 이성진에게 눌려 음울한 그림자를 달고 살았다.

사모가 눈길만 주어도 숨어 버리기 일쑤였던 데다가 여간 해선 다락방에서 나오지도 않았으니, 그녀도 우리 남매를 신경 쓰지 않게 된 것이리라.

'그래서 이번 생에는 나름의 조치를 취해 한성진 남매와 전생처럼 단순 고용인과 피고용인의 군식구 사이의 관계가 아닌, 그 이상의 관계가 될 수 있게끔 손을 쓴 것이지만……'

더군다나 사모는 우리 남매가 어머니의 대체재로 의존하던 안동댁의 부정을 빌미로—그토록 오랜 시간을 함께해 왔음에도—집안에서 냉정하게 내친 것이 당시 바로 얼마 전의 일이었다.

아직도 내가 사모를 어려워하는 건, 사모의 그런 맺고 끊음이 확실한 성격과 그 일면을 엿보았기 때문일 것이다.

어쨌건, 그런 사모의 일면을 보고 나니, 이성진이 내게 주입한 가정도 설득력을 얻어 갔다.

그러잖아도 안동댁을 해고하고 내쫓았던 모습을 보았던 터였다.

이성진을 향한 내 굴종의 빌미 속엔 우리 가족보다 오랜 시간을 그 집안에서 함께해 온 안동댁이 그럴진대 우리 가족 역시, 언제든 문제가 생기면 내쫓길 수 있다는 위기감이 내 안에 도사리고 있었다.

사모는 예나 지금이나 자신의 가족이 최우선인 사람이다.

개망나니 짓을 일삼고 다니는 이성진에게도 싫은 소리 한 번 하지 않은 여자가, 이성진에 의해 장애가 생기고 그와 트러블이 있다는 일말의 흔적이라도 내비친다면, 우리 가족을 거리로 내쫓겠단 손쉬운 선택지를 마다할 리 없단 생각이었다.

아버지는 내 장애에 비통해하면서, 그럴수록 이태석을 '모시는' 일에 힘썼다.

그건 당신의 몇 안 되는 간접적인 자부심이었으리라.

나는 아버지에게도, 심지어 한성아에게도 내 장애의 원인이 이성진임을 밝힐 수 없었다.

나 혼자만 입 다물고 참으면 된다고 생각했다.

그리고 아버지가 내 장애의 원인이 이성진이었음을 알게 된 건 아주 오랜 세월이 지나서였다.

그나마 불행 중 다행인 건 굴종의 대가가 컸다는 점이었다.

이성진의 꼬붕으로 전락한 내게 그는 몇 가지 콩고물을 던져 주기 시작했고, 어느 정도 시간이 흐르고 나서부턴 내가 완전히 그의 수족이란 주변의 인식이 박혔다.

이성진 역시 그 평가를 정정할 생각도, 나를 놓아줄 생각도 없어 보였다.

몇 가지 잔심부름이 커져 차츰 비밀리에 처리할 일이 늘어갔고, 우리 가족이 그들 가족에게 의존하는 정도도 짙어졌다.

그리고 정신을 차렸을 때, 이성진은 내 삶의 일부가 되어 있었다.

나는 그를 거부할 수 없었고, 그를 거부하기에는 너무 멀리 와 버려서, 내 손도 더럽혀지고 말았던 것이다.

그런 나를 자각할 때면 자기혐오는 짙어만 갔고, 결국 나는 아버지의 사후에야 모든 걸 내버리듯 이성진의 곁을 떠날수 있었다.

'모든 것을 내버리듯'이라고 했듯, 이성진의 곁을 떠난 뒤내 주위에는 아무것도 남아 있질 않게 되었다.

아버지는 돌아가셨고, 한성아와 내 관계는 의절하다시피틀어진 지 오래였다.

가족을 위해서 희생하는 것이라는 명분이며 구실도 결국그가 던져 준 굴종의 대가와 달콤함에 대한 내 합리화와 기만 속에서 변질되어 썩어 들어가고 말았지만, 깨닫고 난 뒤엔 늦은 것이다.

"괜찮냐?"

"……예?"

나는 퍼뜩 정신을 차렸다.

맞은편의 김민혁이 나를 걱정스레 쳐다보고 있었다.

"아니, 표정이 심각해서."

그렇게 말한 김민혁은 미소 띤 얼굴로 말을 건넸다.

"형이 군대 가는 게 그렇게 걱정돼?"

김민혁도 내심 내 표정이 굳은 것엔 다른 이유가 있으리라 짐작한 눈치였지만, 그는 의도적으로 농담을 던져 가며 내 기분을 풀어 주려 했다.

'……쯧, 이제 와서 표정 관리를 못 한 건가.'

나는 얼굴 표정이 굳은 걸 자각하곤 이를 자책하면서 미소를 지었다.

"아니에요. 앞으로 어떻게 해야 할지를 생각했더니……."

"그러냐."

미소가, 제대로 지어졌는지는 모르겠다.

그가 내 말을 끊은 것으로 보아선 그 방면으로 캐묻지 않겠단 의도 정도는 내게도 여실히 다가왔다.

사람 기분을 살피는 데는 이골이 난 김민혁다운 고마운 배려였다.

"아무튼."

그는 어조를 밝게 하면서 몸을 기울여 일부러 내 어깨를 툭툭 두드려 주었다.

"걱정할 거 없어. 요즘은 옛날처럼 3년씩이나 썩지도 않는 댔고, 복무 기간이 끝나면 돌아올 거니까. 아차, 이걸 먼저 물었어야 했는데. 돌아오면 받아 줄 거지?"

나는 이번에는 좀 더 자연스럽게 미소가 지어졌다는 자각이 생겼다.

"그럼요, 물론이죠. 형이 없으면 회사가 안 돌아가는걸 요."

"빈말은."

김민혁이 피식 웃었다.

"뭐, 그렇다고 해서 또래의 남들처럼 현역 입대할 생각은 추호도 없지만."

"예? 왜요?"

"왜긴."

김민혁이 혀를 쯧, 하고 찼다.

"다들 그러지 않냐, '군대라는 건 한 번은 다녀와도 되지만 두 번은 갈 필요가 없고, 뺄 수 있으면 빼는 게 가장 좋다'고 말이야. 너는 아직 어려서 모르겠지만 나는 그 말, 질리도록 들었어."

그 외에도 이 시대의 냉소적인 우스갯소리 중엔 '면제는 신의 아들, 방위는 장군의 아들, 현역은 사람의 아들'이라는 말도 있었다.

나는 그런 김민혁을 보며 고개를 갸웃했다.

"그래도 남자라면 군대를 다녀와야 한다고들 하잖아요?"

내 말에 김민혁은 나를 째려보았다―저럴 때 보면 김민정 의 오빠가 맞구나 싶긴 하네.

"……네가 그때 가서도 같은 소릴 할 수 있는지 어디 한번 두고 보자."

그런 쫑코를 듣긴 했지만, 이번 생에서는 몸이 멀쩡하니 현역 입대도 고려는 하고 있었다.

'······물론 그때 회사 일에서 손을 놓아도 될 상황이라면 말이지만.'

누가 들으면 배부른 소리라고 할지도 모르겠지만, 전생에는 군대를 '못' 갔던 내겐 군 복무에 대한 묘한 동경 같은 것이 있기는 했다.

'······배부른 소리, 맞는 건가?'

김민혁은 고개를 절레절레 저었다.

"아무튼 그런 이유로, 사회에서 격리되다시피 하는 건 나도 피하고 싶어. 그랬다간 감이 떨어질 거 아니냐."

하긴, 그 문제는 나도 들었다.

군대라는 곳은 사회와 동떨어진 그들만의 세상인 만큼, 복무를 마치고 사회로 복귀하면 복학생은 머리가 굳고, 유행에도 동떨어져 한동안 원시인 취급을 받는다고.

특히, 내 한참 아랫세대의 이야기이긴 하지만—군대를 다녀오니 스마트폰이라는 것이 상용화되어 있더라—는 천지개벽 경천동지할 만한 사태가 벌어져 있었다는 이야기는 제법 유명했다.

아무래도 군대에 있다 보면, 그런 최신 정보나 유행, 패러다임의 전환 등 트렌드에 맞추는 것이 남들에 비해 늦기 마련이라는 듯하다.

'특히 우리 회사처럼 기술 집약적인 복합 기업이라면 더더욱.'

뭐, 나로서는 '군대에서는 뉴스도 못 보나?' 하는 생각이지만.

김민혁은 다시 다리를 꼬고 앉으면서 말을 이었다.

"게다가 아까 말했지? 조만간 2차 IT붐이 올 거라고. 최소한 그때를 전후해서는 회사에 붙어 있어야 하지 않겠냐, 싶어. 지금은 뭐, 네 앞이라서 하는 말이지만 가만히 내버려 둬도 알아서 잘 굴러가게끔 설비가 갖춰져 있는 상태고."

김민혁의 말마따나, 지금은 이제 막 시작된 컴퓨터 관련 산업의 태동기이자 부흥기이기도 했지만, 예측 불가한 변수가 있다거나 할 시절은 아니었다.

'아니, 한 가지 있지.'

나는 그를 앞에 두고 잠시 생각에 잠겼다.

'IMF. 김민혁이 내년에 군대로 간다고 치면, 97, 98, 99……쯤까지, IMF의 여파가 잔존한 상태에서…… 2차 IT붐이 일기 시작하겠군.'

어떤 의미로는 지금 군대로 가겠다는 김민혁의 생각은 시의 적절했다.

김민혁이 재차 말을 이었다.

"그런 와중에 이모부…… 그러니까 금일 쪽에서 일을 해보는 건 어떻겠냐는 이야기가 나왔어."

금일? 금일 그룹 말인가?

그러고 보니 김민혁은 방계이긴 하나, 엄밀히 따지면 금일 그룹 사람이었다는 사실이 새삼 자각되었다.

'……흐음, 금일인가.'

금일이라고 하면, 이 시대에는 향간에서 말하는 삼광 그룹의 대표적인 라이벌 그룹이기도 한 회사였다.

나는 속내를 내색하지 않고 김민혁에게 물었다.

"그러면 금일 그룹에 입사하시겠단 건가요? 그런데 그거랑 군대랑 무슨 상관인지 모르겠는데요."

내가 이번에 모른다고 한 건, 다른 것들처럼 알면서도 모른 척 묻는 게 아닌, 솔직하게 몰라서 묻는 것이었다.

'전생에도 군 입대 건은 나와 상관없는 이야기였으니까.'

김민혁이 대답했다.

"뭐……. 별건 아니고, 병역 지정 업체 제도를 쓰자는 거야."

"……아."

아, 그렇지. 그 수가 있었군.

나도 언젠가 지나가다가 들은 거지만, 전생에 회사를 들를 일이 있었을 때, 한창 군대에 있어야 할 녀석이 회사에 줄곧 붙어 있는 걸 보며 '너, 군대 안 가냐'고 물으니, 그런 대답이 나왔던 기억이 났다.

병역 지정 업체는 대체 복무 제도의 하나로, 국가가 승인한 기업체에 연구 및 제조 생산 인력 등으로 '입사'해서 근무한 만큼 복무일을 보장해 주는 제도였다.

'그 취업난에 입사를 해야 한다는 난관이 있긴 하지만, 할 수만 있다면 그만한 꿀이 없다지……. 군 복무 대체는 물론이고 월급까지 따박따박 나오는 데다가, 뭐라더라……. 나이스트 출신인 녀석이었는데.'

아, 그렇지.

이건 엄연히 '군 복무'에 해당하는 것이어서, 회사가 함부로 파견을 보내거나 출장 보내는 일을 할 수 없다고 했다.

근무지 이탈로 치부된다나 뭐라나.

'그때 당시엔 그런 게 있었냐며 조금 신기하단 생각을 하고 있었지.'

여담이지만, 그 녀석은 일정을 채우자마자 '개인 사업을 하겠다'며 삼광전자를 퇴사해 버렸다고 한다.

'머리 좋은 놈들은 사고방식이 달라도 남다른 건가.'

내 표정을 살핀 김민혁이 씩 웃었다.

"너도 경영자라 그런지 제도 자체는 알고 있나 보네. 뭐, 우리 회사는 그런 게 없지만 말이야. 뭐, 모기업이랄 수 있는 삼광이야 하고 있지만…… SJ컴퍼니는 아니지 않냐."

그렇다고 해서 굳이 삼광과 인척 관계도 아닌 김민혁이 삼광에 '잠시' 입사를 해야 할 필요는 없고, 입장상 제 집안사람은 끔찍이 챙기는 금일에 있는 게 여러모로 편할 것이다.

'간 김에 여러 가지를 배워 올 수도 있겠고.'

내가 고개를 끄덕이자, 김민혁은 언급하는 자체가 껄끄럽다는 양 머리를 긁적였다.

"굳이 있는 빽 마다할 필요는 없잖아?"

하긴, 나도 오늘처럼 김민혁이 직접 언급하지 않으면 그가 금일 그룹의 가문인인 걸 깜빡할 정도니까.

따지고 보면, 김민혁네 집안은 금일 그룹에 속했다.

'엄밀히 말하자면 방계 쪽이지만.'

정확히는 김민정과 김민혁의 어머니 쪽이 현 금일 그룹 곽한섭 회장의 동생인 곽한경의 핏줄을 물려받았는데, 사돈의 팔촌까지 요직에 앉히는 금일에선 직계와 가깝다면 가깝다고 할 수 있는 촌수였음에도 불구하고, 그들이 금일과 깊이 교류하고 있다고는 보기 힘들었다.

금일과 종종 비교되곤 하는 삼광 역시 '족벌 경영'으로 세간에는 악명이 자자했지만, 금일에 비하면 약과였다.

금일 그룹은 요직이라는 요직에는 죄다 일가친척이 한 자리씩 차지하고 있었고, 각각의 능력이야 어찌 되었건 금일은 그들 모두를 품었다.

이 전략은 세간으로 하여금 금일이라는 울타리에 들어온 사람을 어떻게 대해 주는지 확실하게 알려 주는 효과를 누렸고, 그러다 보니 전생에도 (다른 재벌가도 마찬가지지만) 금일과 조금이라도 연관이 있다면 혼인 시장의 1순위 신랑, 신부 후보가 되기 일쑤였다.

'……그중 한쪽 방계만 빼놓고, 말이지만, 어쨌든.'

소위 상류층 출신이라고 불리는 족속이 되고 나면 결혼은 더 이상 개인의 문제가 아니게 된다.

결혼은 사랑을 나눈 두 사람의 결합이 아닌, 이해득실을 따진 두 집안의 동맹이 된다.

금일은 그런 '집안 관리'에 능해서, 얼추 몇 다리만 건너도 먼 친척이 어느 장관이라거나 차관, 외교부, 검경, 모 그룹 등에 포진해 있을 정도였고, 그런 '인맥'은 금일이 해 온 숱한 일에 밑거름이 되어 주었다.

그 와중 김민혁네 집안이 금일의 '눈 밖에 난' 까닭은 김민혁의 어머니가 가문에서 추진하던 정략결혼을 반대하고 지금의 남편과 연애결혼을 했기 때문이었다.

'……그건 이태석도 다르지 않지만, 사모의 경우는 뉴월드 백화점의 영애였으니 사정이 조금 다른가. 그래도 이태석은 사모의 배경이 어쨌건 상관하지 않았겠지.'

금일의 이런 혼인 전략에는 마냥 장점만 있는 건 아니어서, 거기엔 부작용도 있었다.

그중 하나가 지금도 '왕자의 난'으로 회자되는 금일 그룹 내부의 분열로, 곽한섭 회장의 맏형인 곽한구가 정부 고위 인사와 위탁해 자신이 소유하던 계열사 하나를 분리 독립시키려 했던 사건이었다.

금일은 각종 난리로 황폐했던 대한민국의 역사가 그러했듯 처음엔 약소했다.

금일의 곽한구, 곽한섭, 곽한경 삼형제는 초대 회장이랄 수 있는 창업자 곽인회가 차린 포목점에서 출발해서 각자가 자신이 맡은 분야에서 회사를 이끌었는데, 초반엔 각자가 비등비등했다.

그러나 대한민국의 산업화 시기에 세 형제가 운영하는 회사는 큰 격차가 벌어지기 시작했다.

그중 두각을 보인 것이 둘째인 곽한섭 회장이었다.

곽한섭은 이런저런 유착을 통해 정부의 각종 일감을 따냈고, 이후 기술 개발에 투자한 것이 대성공을 거둬 금일 내에서 그 누구도 따라올 수 없는 실적으로 다른 계열사를 찍어 눌렀다.

이후 곽한섭은 금일 그룹의 지분 대부분을 소유하게 되었고, 장남과 삼남은 자연스레 곽한섭이 이끄는 대로 끌려가게 되었다.

삼남인 곽한경은 고분고분하였으나 장남인 곽한구는 그렇지 않았던 모양으로, 그는 '왕자의 난' 이전부터 경영권을 두고 사사건건 트집을 잡았다고 했다.

소문은 무성하지만 내가 아는 바로는 이때 곽한구가 곽한섭뿐만 아니라 부친인 곽인회의 회계 부정까지 정부 측에 찔러 넣었다는 듯하다.

상황이 이렇게 되자 당시 대통령은 '자식이 어떻게 아버지를 공격할 수가 있냐'며 이는 '패륜'이라고 비서실장에게 말을 했고, 곽한구가 저지른 내부 고발은 곽인회 초대 회장을 대신해 금일의 실세였던 곽한섭의 귀로 흘러 들어간다.

'뭐, 거기에는 당시 짙게 남아 있던 유교적 관념 외에도 이런저런 속사정이 있을 것이나, 이제 와서 그걸 확인할 수 있는 방도는 없고.'

당연히 곽한섭은 노발대발했다.

그는 즉시 이사회를 소집, 거의 반협박조로 곽한구가 가진 경영권 일체를 몰수했고 곽한구는 이때 말 그대로 '거리로 나앉게 되었다.'

부자가 망해도 삼대는 간다지만, 곽한구의 말로는 재벌가의 그것이라고는 생각하기 힘들 만치 비참했다.

곽한섭이 엄포를 놓아도 단단히 엄포를 놓았는지 곽한구는 새로 벌이는 사업마다 번번이 재기에 실패했고, 가진 돈은 손가락 사이로 새는 모래처럼 스르르 빠져나갔다.

하물며 곽인회 초대 회장의 유언 중 하나가 '이만하면 용서해라'였다고 전해질 정도이니, 당시 곽한섭의 보복과 응징이 어떠했는지는 상상하기도 힘들 지경이다.

'그 정도면 사적인 감정이 섞여 있었다고도 볼 수 있을 정도야.'

그리고 곽한구는 각종 빚더미에 앉아 지병을 제대로 치료하지도 못한 채 눈을 감았다.

그나마 소문 속 곽인회의 유언이 유효했던 걸까, 아니면 조금 더 나이가 드니 성격도 유해진 걸까, 곽한섭도 곽한구의 자식과 손자들에게까진 아주 엄격한 연좌제를 적용하지 않았다.

그렇다고 해서 살갑게 챙겨 준 정도는 아니고, 무슨 일을 하건 훼방은 놓지 말라는 암시 정도만 준 것에 그친 수준이지만.

그러다 보니 실제로는 '곽인회 초대 회장으로부터 내려온 직계'라고 할 수 있는 곽한구의 핏줄은 방계는커녕 가문의 천덕꾸러기 신세로 전락했고, 지금은 금일 그룹 직계라고 하면 자연스레 차남이자 현 회장인 곽한섭 쪽을 떠올리게 마련이었다.

이상이 세간에 알려진 대략적인 '왕자의 난'의 전말인데, 이는 금일이 보여 주는 족벌 경영의 맥락이며 곽한섭이 가진 무소불위의 권력을 단적으로 보여 주는 일화였다.

그나마 김민혁네 집안은 '왕자의 난' 때 본보기로 찍힌 것보다는 사정이 나아서 곽한섭의 눈치를 살피는 곽한경이 자신의 딸에게 노발대발하며 '우리 집에는 두 번 다시 얼씬도 하지 마라!'고 외친 정도에 그쳤으니…….

'그렇다곤 해도 정도가 과하긴 매한가지지. 한편으론 그런 곽한섭의 카리스마 아래서 유지되는 금일 그룹은 그 속이 곪

아 들어가는 중이고……. 곽한섭 회장의 은퇴 시기가 되면 추후 금일 내부의 파벌 다툼이 아주 볼만해지거든.'

어쨌건, 그런 곽한섭의 카리스마에 의해 유지되는 금일 그룹이었고 그 영향력은 지금도 지대했지만 그것도 후대로 내려오면서부터는 옅어지더니 3대에 와선 다소 흐지부지해져서, 김민혁이나 김민정 같은 금일의 후대 세대는 누군가가 꼰대들의 눈 밖에 나건 말건 이럭저럭 교류를 이어 갔다.

그러니 김민혁이 방금 말한 '이모부'라는 이도, 저 조부 세대들의 눈치에서 조금 자유로워진 영향인 것이다.

'그와 별개로 김민혁은 그런 금일을 끔찍이도 싫어하는 편이었는데…… 마음가짐이 전생이랑 달라졌나?'

뭐, 김민혁도 사회 초년생 때는 금일 계열사에서 활약한 적이 있긴 하지만, 그것도 기반을 다지자마자 개인 사업을 하겠다며 뛰쳐나와 성공을 거두었으니.

'우리 회사에서만 안 나가면 되는데.'

김민혁은 표정을 조금 진지하게 고쳐 말을 이었다.

"아무튼 그래서 당분간은 회사를 떠나 있어야 할 거 같다……. 지금이 중요한 시기라는 건 나도 자각하고 있지만, 더 미루다 보면 훨씬 더 중요한 때에 자리에 있지 못할 거 같아서."

그런 이유라고 하니 나도 납득이 갔다.

동시에 그가 시간을 내서 사장실을 찾아와 나를 면담한 이

유까지도.

"어쩔 수 없죠. 보내 드리는 대신, 돌아오셔야 해요, 알았죠?"

내 말에 김민혁이 웃음을 터뜨렸다.

"하하, 아무리 금일이라도 그렇지, 평생을 거기서 평사원으로 있긴 싫거든?"

그 태도는 전생이나 지금이나 마찬가지인 거 같군.

나는 미소 띤 얼굴로 물었다.

"용 꼬리보단 뱀 머리가 낫다는 거죠?"

"아니, 뱀 머리는 아니지. 네가 떡하니 버티고 있는데…… 굳이 말하자면 거기 있는 이마 비늘 정도는 될까."

김민혁은 킬킬 웃으며 내 말을 정정한 뒤 조금 망설였다가, 다시 말을 이었다.

"아무튼 이야기가 나오다 보니까…… 그쪽 내 친척들이 네얼굴을 한번 보고 싶다고 하더라고."

"……저를요? 왜요?"

내가 고개를 갸웃하자 김민혁이 쓴웃음을 지었다.

"설마 모르는 척하는 거냐. 너, 우리 또래에선 엄청 유명하거든? 그 나이에 흑자 회사를 굴릴 뿐만 아니라……."

김민혁은 내가 삼광 그룹의 장손의 위치에 있다는 걸 언급하지 않고 말을 넘겼다.

"아무튼, 내 주변만 해도 너 보고 싶다는 사람이 줄을 섰

다. 괜찮으면 밥이나 한 끼 하자고 전해 달라더라. 근 시일에
한번 모일 일이 있긴 하거든."

김민혁이 어깨를 으쓱였다.

"뭐, 많아 봐야 나랑 비슷한 또래고, 민정이나 너 정도 되
는 나이대도 있으니까 부담은 갖지 말고."

"……그렇군요."

일단은 사교 모임이라고는 하나, 삼광의 라이벌 그룹인 금
일의 가족 모임에 참석한다? 섶을 지고 불에 뛰어드는 느낌
이 물씬하긴 했다.

흠.

그러잖아도 때가 되긴 했단 생각을 하고 있었다.

'슬슬 금일 쪽 사람을 만나게 되는 건가.'

그렇다고는 해도 그들 중 눈여겨볼 만한 인물은 손에 꼽을
정도다.

곽한섭의 은퇴 시기 불거지는 금일의 분열과 관련해서 전
생의 기억이 있는 내가 알고 있는 여담이지만.

아이러니하게도 먼 훗날, 금일 그룹의 실세이자 오너로 거
듭나게 되는 건 곽한섭의 자식에게서도, 곽한경의 자식에게
서도 아닌, '왕자의 난' 이후 몰락한 곽한구의 손주 쪽에서 나
오게 된다.

'물건은 그놈이 물건이지.'

그가 밑바닥에서 올라와 금일 그룹의 오너로 거듭나는 과

정은 나조차 흉내 낼 엄두조차 낼 수 없는 것이어서, 나는 그를 볼 때면 왠지 모르게 셰익스피어의 햄릿을 떠올리곤 했다.

햄릿과 달리 결말이 비극으로 끝나지는 않았지만, 아니 나도 결말까진 보지 못하고 죽었으니 이후는 어떻게 되었을지 모르겠다.

하지만 이성진을 '모시던' 내 입장에서는 여러모로 비교를 하지 않을 수 없는 인물로, 삼광 그룹의 직계 장손인 데다가 빵빵한 지원이며 명분까지 등에 업었음에도 불구하고 개망나니였단 이유 하나만으로 중임을 맡지 못한 이성진에 비하면, 비교 자체가 미안해질 지경이다.

'그러고 보니, 그놈도 이맘때일 건데.'

이 바닥에 있다 보면 언젠가는 싫어도 마주칠 일이 생길 것이라곤 생각했지만…….

'……어쩌면, 이번에?'

다음 권으로 이어집니다

윤진한

변호사

이해날 현대 판타지 장편소설

『어게인 마이 라이프』의 작가 이해날,
당신의 즐거움을 보장할
초특급 신작으로 돌아왔다!

아버지의 복수를 위해
악랄한 변호사가 되었으나 대기업에 처리당한 윤진한
로펌 입사 전으로 회귀하다!

죽음 끝에서 천재적인 두뇌를 얻은 그는
대기업의 후계자 경쟁을 이용해
원수들의 흔적마저 지우기로 결심하는데……

악마 같은 변호사가 그려 내는
두 번의 인생에 걸친 원수 파멸극!